目次

主な登場人物

小野篁（おののたかむら）
気が付くとそこにいる、平安装束に身を包む謎の人物。

遠野青児（とおのせいじ）
皓の助手。他人の罪を一目で見抜くことができる。

西條皓（さいじょうしろし）
悩める人々の相談を受ける、
謎の美少年。

紅子（べにこ）
黒硝子のような目をした
謎の少女。

凜堂棘（りんどうおどろ）
世間で評判の凄腕探偵。
通称「死を招ぶ探偵」。

事件が彼らを誘うのか、彼らが事件を招くのか――。

イラスト／アオジマイコ

凜堂荊（りんどういばら）

棘の双子の兄。

「青い幻燈号」の乗客

石塚文武（いしづかふみたけ）
伍堂研司（ごどうけんじ）

鵜ノ木真生（うのきまお）
鳥栖二三彦（とすふみひこ）

加賀沼敦史（かがぬまあつし）
乃村汐里（のむらしおり）

列車図版／本島一宏

第一怪　野狂（やきょう）あるいはプロローグ

この世には、昏すぎる夜もあるのかもしれない。

*

また逢魔が刻がやって来た。

裏を返せば、夜になるまでまだ時間があるはずなのに。

(それでも、これだけ空が昏いのは十二月になったせいなんだろうか)

場所は、玄関前のアプローチだった。落葉とは無縁な樒の巨木の下、ずずっと鼻をすすり上げた青児は、肺に煙を入れないよう気をつけつつ、三口だけ喫った煙草をスニーカーの底で踏み消した。脳内で大暴れする〈もったいない〉の六文字を吸い殻と一緒に始末して、空咳ひとつ。

案の定、鼻づまりが治っていないせいか実に不味い。けれど、喉に沁みる感じはないので、もう治ったと考えてよさそうだ。

ここまで体調が戻れば、多少の無理は問題ない。長年のアルバイト生活で培った自己流の健康バロメーターだが、もしも医者にバレたら地獄の説教コース直行だろう。

（それにしたって、まさか六日も風邪で寝こんで、月をまたぐはめになるなんて）

今から一週間前、スネコスリの姿を追って雨の中をずぶ濡れで駆けずり回ること数時間——栄養不足と全身疲労がたたってか、翌朝になってから三十九度の熱を出して倒れてしまった。

その後は、咳鼻水悪寒関節痛とどめに吐き気のオンパレードだ。しかし付き添いの看病は断って、もっぱら一人で寝室にひきこもることになった。

——それどころではなかったからだ。

青児の飼——もとい雇い主である皓少年にとっても、世話人の紅子さんにとっても。

〈御父君の——魔王・山本五郎左衛門様が身罷られました。また悪神・神野悪五郎氏も、おそらく昨夜の内に命を落とされたのではないかと〉

死人同然に蒼ざめた紅子さんの顔が、今も頭から離れない。

魔王・山本五郎左衛門と言えば、かつて〈稲生物怪録〉でその名を馳せた大妖怪であり、跡取りである皓少年にとっては、ただ一人の肉親にして、唯一無二の後ろ盾だ。

（ただでさえ、父親を亡くしたってだけでつらいのに）

半人半妖という生まれのせいで、絶望的に敵の多い皓少年は、今や完全な四面楚歌だ。

万事休す、八方塞がり、お先真っ暗——考えれば考えるほど、行く手に立ちこめる暗雲が、昏さを増していくような気がする。

それでも、皓が生きて、側にいるのだ。たったそれだけで、どうにかなりそうな気がしてくるのも確かだった。今も生きていてくれるという、ただそれだけで。

（けれど――）

と胸の内で呟いたところで、ぶあっくしょい、とクシャミが出た。同時に、ぶるっと背筋が震える。どうもまだ本調子には遠いようだ。

（ここでぶり返したら目も当てられないな）

木枯らしに背中を丸めた青児は、〈どうぞ中へお入りください〉と貼り紙された扉から、玄関ホールに撤退した。右手に進もうとして――あ、と思わず足が止まる。

出窓の前に、紅子さんの姿があったからだ。相変わらずの朱と黒の和装メイド姿で、張り出し部分に置かれた空っぽの金魚鉢を見下ろしている。

（片づけそびれて置きっ放し――ってわけじゃないよな）

そう、先月までは〈紫苑〉という名の金魚が――紅子さんの双子の兄があの中にいたのだから。そして、今はもうどこにもいない。今から十日前、奥飛騨で起こった事件の最中、皓少年の身代わりとして命を落としてしまったのだ。

（たしか皓さんから聞いた話だと〈紫苑〉って名前は、紅子さんがつけたって）

由来となったのは、〈思い草〉という別名をもつ小さな紫色の花だそうだ。熱にうかされつつスマホで花言葉を調べてみると〈君を忘れない〉とあった。

なんというか――言葉につまる。

おそらく紅子さんは、いずれ訪れる離別の日を予感して、この名を選んだのだろう。

それでもなお捨てきれない想いが、空っぽの鉢の中に残っている気がした。

一体どう声をかけたものか、まごまご青児が立ち尽くしていると、

「おかえりなさいませ」

一足先に紅子さんから声がかかった。

「お体の具合は、もう大丈夫ですか？」

「あ、はい。お陰様で、ほとんど治ったんじゃないかと」

「煙草をたしなむと免疫力が落ちると聞きますので、これを機に禁煙なさっては」

「……えーと、皓さんはいつもの書斎ですよね」

聞こえないフリで、そそくさと立ち去ろうとした、その時。

ふと青児は足を止めた。しばらく逡巡して、紅子さんに向き直ると、

「――青児さん」

呼ばれて振り向くと、黒髪をさらりと鳴らして、紅子さんが深々と頭を下げた。

「え、ちょ、どうしたんですか、いきなり！」

「今、皓様がご無事なのは、青児さんのお陰だと思っておりますので。だから、この先もどうかよろしくお願いします」

「はい、あの、けど、実は紅子さんが助手になった方がいい気が――」

「いいえ、もしも私の方が適任の場合、痺れ薬を盛ってでも交代しますので」

「……」

「冗談です」

嘘だ！

「けど、あの、わかりました。最悪、皓さんだけでも無事に戻れるように」

「いえ、それは当然なんですが、できれば青児さんもご一緒に」

思わぬ不意打ちに、つんと鼻の奥が痛くなってしまった。

「……はい、頑張ります」

胸の奥から絞り出すように言って、青児もまた深々と頭を下げた。厨房(ちゅうぼう)に向かった紅子さんを見送ると、今度こそ書斎へと足を向けて、

「ただいま戻りましたー」

扉の向こうには、やはり見慣れた光景があった。正面奥に、舞台の緞帳(どんちょう)めいたドレープカーテンのかかった窓ガラス。次に、右手の壁一面を占める本棚。そして――。

「おや、お帰りなさい、青児さん」

声の主は中央のテーブルにいた。どこか植物的な造形のクイーン・アン様式の椅子に腰かけて。百花(ひゃっか)の王という異称を体現するかのような白装束――皓少年だ。

これまでの居候生活で、すっかり日常となった光景だった。しかし、ここ一週間ほど、皓少年の姿を見かける度、ほっとする癖がついてしまっている。後遺症、とでも言うべき条件反射だ。

「ちょうどよかった。お話ししたいことがあるので、お茶の時間にしましょうか」

やがてティーワゴンを押した紅子さんが現れ、たちまちテーブルにお茶の用意が整えられた。焼き立てのアップルパイの皿を前にしただけで、じんと胸が痺れてしまう。

早速、フォークの先でサクサクっぷりを堪能していると、

「体の具合は、もう大丈夫なんですか？」

「あ、もうすっかり治りま……ごほ」

いかん、まだ咳が抜けきっていないようだ。

「す、すみません。どうも治りが遅くて」

「いえ、ただの風邪とは違いますから、仕方ないことだと思いますよ」

はて、どういう意味だ。

きょとんと瞬きをして皓を見た。この十日間、ろくに会話を交わす暇もなかったので、こうして対面するのは久しぶりだ。

顔色が悪い。ただでさえ白い肌から血の気が失せ、目の下に隈が滲んでいる。皓さんこそ大丈夫ですか、と訊ねそうになって、危うく言葉を呑みこんだ。

――大丈夫なわけがないからだ。

「さて、どこから話したものでしょうね」

小さな溜息と共に言って、皓少年が紅茶に口をつけた。つられて青児も一口する。温かさが身に染みるようだ。

「まずは棘さんの話ですね。紅子さんの応急処置が適切だったのもあって、ほどなく傷

口は塞がったんですが、出血が多すぎて一時は心臓の止まる騒ぎになったとか。容体が安定してからも、精神的なショックもあってか、未だに意識が戻らないそうで」

「……そうですか」

無理もない。五年もの間、その死を悼み続けてきた双子の兄が、突如、生者として目の前に現れた上、あろうことかショットガンの銃口を向けてきたのだ。

「……惜しい人を亡くしましたね」

「いやあの、さっき棘さんは、まだ死んでないって」

「いえ、もしも意識を取り戻したら厄介ごとが増えると思うと、ついうっかり本音が」

片手で顔を覆って、皓少年が深々と溜息を吐く。

……だいぶお疲れのご様子だ。

反射的に「一本吸いますか？」と喉元まで出かかったものの、包丁を手にした紅子さんがぬっと脳裏に現れたので、慌てて口を閉じて呑みこんだ。触らぬ神に祟りなしだ。

「とりあえず棘さんのことは置いておいて、ここから先が本題になります」

そう切り出した皓少年が、しばし躊躇うように唇を噛んだ。そして、とりあえず横に置いておかれた棘に対し、青児が一抹のあわれみを嚙みしめていると、

「死んでいないのは、どうも棘さんだけじゃないようなんです」

「は？　え、誰のことです？」

思わず声が裏返ってしまった。

「僕の父――山本五郎左衛門と、神野悪五郎氏ですね」

いやいやまさか！

「け、けど一週間も前に、紅子さんが〈身罷(みまか)られました〉って」

「ええ、生きてはいません。けれど、死んでいるとも言いきれないんですね」

はて一体どういうことだ。目を白黒させる青児に、ふう、と小さく息を吐いた皓は、カツン、とティーカップを受け皿に戻して、

「端的に言うと、死体が腐らないままなんだそうです」

「え、というと？」

「どうも肝心の魂が〈生きたまま〉になっているようなんです。つまり殺されたわけでなく、器である体から、魂だけ抜き取られた状態にあるのではないかと。となると、何らかの形で封印された魂が、今も荊(いばら)さんの手元にあるのかもしれません」

「えっと、じゃあ、それを取り戻して、肉体に入れ直せば――」

「ええ、生き返る可能性があるわけです。けれど、それはそれで厄介なんですね」

苦々しげな声でそう続けると、

「もしも魔王二人の魂が荊さんのもとにあるなら、それこそ最上の人質でしょうから」

あ、と思わず声が出た。

考えてみれば、至極もっともだ。〈殺す〉のではなく、わざわざ〈封じる〉という手段をとったなら、計画上そうするだけの理由があったことになる。

そして古今東西、人質の身柄を確保した犯人が、次にやることと言えば――。

「おや、噂をすれば、ですね」

ついっと席を立って皓少年が言った。そして、薄闇の透ける窓を両手で開け放つと、

「それでは、要求をお聞きしましょう」

誰から、と青児が訊ねようとした、その時。

ごう、と風が吹いた。

黄昏れた冬空を背景にして、ぶわりとカーテンが浮き上がる。突風がおさまると、テーブルに青い鬼火が出現した。めらめらと虚空で燃え尽きたかと思うと、その一瞬後には、篁さんが椅子に座っている。相変わらずSFXばりの登場だ。

「さて、今日はどんなご用件ですか？」

「実は閻魔庁をクビになりましたので、そのご挨拶をと」

……待った。

ちょっと待った。今なんて言った？

「えっと……どういうことです？」

まさか冥府にリストラの波が、と言いかけた矢先、皓少年が口を開いて、

「先日、照魔鏡の話をした時、青児さんにこうお伝えしたかと思います――事によると、もう一人、僕の近くに裏切り者がいるのかもしれない、と」

「ええ、はい、確かに」

「篁さんなんですよ」

頭から冷水を浴びせられた気がした。全身から一気に血の気が失せ、指先まで冷える。

それでいて、告げられた言葉を一片たりとも呑みこめないまま——。

「嘘、ですよね？」

ようやく訊いた。紅子さんのように「ええ、冗談です」と返ってくるのを期待して。

「え、ちょっと待ってください。まさかですよね？　だって篁さんですよ？」

「……篁さんだから、ですよ」

そう応えた皓少年の声は、不自然なほど平坦だった。感情を押し殺したように。

「もともと照魔鏡は〈しかるべき場所〉で保管されていたと言いましたよね？」

「え、はい、そう聞きました」

「閻魔庁なんですよ。それも、管理責任者は篁さんなんです」

つまり、皓少年はこう考えたのだそうだ。

破片が人界に撒かれたということは、本来、保管庫にあるはずの照魔鏡は、盗難、紛失、破損、すり替え——いずれかの状態にあることになる。しかし篁さんほどの人物が、管理責任者として見過ごすことなどありえるだろうか、と。

「同時に思ったんです。もしも篁さん自身が一枚嚙んでいるとすれば、周りの目を欺くことなど容易いだろう、と」

それで閻魔庁に調査を依頼したところ、巧妙に偽物とすり替えられた末、保管記録を改竄されていたことが判明した。

それが可能な人物となれば、おのずと該当者は絞りこまれることになる。

「なので、閻魔庁に内偵を進めてもらいました。だから先の事件でも、僕の安否を篁さんには伏せて、閻魔王の指揮する別動隊に荊さんの行方を追ってもらったんですね」

と、脳裏に先日の記憶が思い浮かんだ。

皓少年の捜索中、わざわざ篁さんの訪問があった時のことを。あれもまた、思いやりや気遣いでなしに、皓少年の生死について探りを入れるためだったとしたら——。

(けれど、皓さんにとっては、物心つく前からの顔見知りだって言ってたのに)

時々、世間話や双六勝負をする仲だったと聞いている。それこそ皓少年にとっては、年の離れた兄のようなものだったのではないか。

と、ふと乾いた音が鳴った。篁さんが、苦笑しつつ手を打ち鳴らしたのだ。

「さすが、お見事です。しかし、となると私は、思ったよりアナタに信用されていなかったようですね」

「あいにくと、ずいぶん長い間、紅子さん以外は信じないようにしてきたもので」

淡々と切り返した皓少年に、篁さんは静かに目を伏せた。哀れんでいるかのように。

「相変わらず、おつらそうな生き方だ」

「それは……今のアナタが口にしていい言葉じゃないでしょう」

抑揚のない声は、だからこそ押し殺した感情の大きさを感じさせた。

（ああ、そうか）

生まれつき、内も外も敵ばかりだった皓少年にとって、紅子さん以外の全員が、いずれ裏切る危険性を秘めた存在だったのだろう。そんな疑心暗鬼の中、これまでの人生を生きてきたのだ。

と、ふと耳によみがえった声があった。

〈だから、青児さんが僕の助手でいてくれる限り、この先も信じ続けようと思っています〉

ひょっとして——九州の孤島で起こった事件で、皓少年に告げられたあの言葉は、青児が思っている以上に重いものだったのだろうか。

「僕は、荊さんに会った時、僕自身よりも、むしろアナタに似ていると思ったんです」

そう言った皓少年は、真っ向から篁さんを見すえて、

「鬼才、傑物、酔狂人、その手の呼称を恣（ほしいまま）にしてきた人ではありますが、世人に狂人呼ばわりされても、仕方のないところがありましたから——いわく野狂（やきょう）と。国命違反の罪に処せられると知りつつ、あえて遣唐船への乗船を拒んだ人でもありますしね。人の性根というものは、千年ごときで変わるものでもありませんから、本来は閻魔王ごときの手に負える人ではないでしょう」

けれど、と続けようとしたのがわかった。

——どうして裏切ったのか、と。

しかし篁さんは、その問いかけを遮るように一通の封筒を差し出して、

「本日は、こちらを届けに参りました」

紺青の封蠟の捺されたそれは、招待状にも見える。皓少年の手が慎重に封を破ると、はらりと二枚の紙片が落ちた。

「乗車券、ですか？」

夜空の色をした長方形のそれは、金の箔押しで月と星をかたどったエンブレムが刻印されている。東京駅発。発車予定時刻は、明日の午後六時。

列車名は——青い幻燈号だ。

「果し状の代わりです。端的に言うと、御父君と神野悪五郎様の魂を人質として、荊様から正式に決闘を申しこみたいと」

「け、決闘って……まさか殺し合いとか」

すかさず震え上がった青児に、篁さんは子供をなだめる時の声音で、

「いえ、これまで通りの推理勝負です。同伴者は、両者共に一名のみ。閻魔庁を通じて結ばれた約定は、すべて有効となります。終着駅に着くまでの間、互いに直接危害を加えることはできません。違反した時点で敗北となります」

つまり、対戦者を棘から荊へと変更し、一晩で王座争いの決着がつくよう、新たに果し合いの場を設ける——ということらしい。

「そのために、わざわざこんな列車をチャーターしたわけですか。相変わらず芝居がか

った舞台装置がお好きですね」

　呆れ声で言った皓少年は、ゆるく一度かぶりを振って、

「もしも、僕が勝負に勝った場合は？」

「神野悪五郎一派の敗北とし、皓様が正式な魔王として認められます。当然、その場で御父君の魂も解放されます」

「では、負けた場合は？」

「ちょうど逆ですね。魔王二人の魂は消滅し、荊様が魔王の座につかれます」

「……今ここで果し合いを拒んだ場合は？」

「悪役らしく言うなら、人質の命は保証しない、と」

「実質、選択の余地はないように聞こえますね。魔王・山本五郎左衛門の後ろ盾を失って生きていけるほど、僕は強くありませんから」

　冷ややかな怒気をはらませつつ、皓少年が唇を噛んだ。しばし双眸を閉じると、瞬きよりも少し長い時間を置いて、

「……承知しました。果し合いに応じましょう」

　そんな、と青児が口を挟む間もなかった。

　そうして瞼を開いた皓少年は、正面から射貫くように篁さんを見すえて、

「たとえどんな理由があっても、僕はこの先ずっとアナタを許さないと思いますよ」

「――光栄です」

その声を最後に、ふっと篁さんは姿を消してしまった。相変わらず、蠟燭の炎を吹き消すような退場ぶりだ。

　しばらくの間、沈黙が落ちた。

　残された皓少年の横顔は、疲れているようにも、傷ついているようにも見える。と、やがて深々と息を吐くと、ティーカップに残った最後の一口を飲み干して、

「実は、前々からお話ししておきたかったことがありまして」

「な、何でしょうか？」

「青児さんの逃げ癖についてです」

　と出し抜けにそう切り出した。

「青児さんの生い立ちについて、少し調べてみました。正直、あまり大事にされなかったようで、そのせいか自分自身に価値を見出せないのが、根本的な原因なんだと思います。仕事も将来も、何もかもどうでもいいからこそ、些細なきっかけ一つで逃げ出してしまうんですね——他人のためになら、なんだかんだで頑張ることのできる人なのに」

　と言って、不意に笑いかけた。ふわりと白牡丹がほころぶように。けれど、微笑と呼ぶにはどこかぎこちない、そんな顔で。

「けれど、そうしている限り、人生そのものから逃げているのと同じなんですよ。職なし家なし金なし——たとえ何一つなかったとしても、それでも人生だけは青児さん自身のものです。だから、どうか頑張ってください」

そうして最後に、懐から二つ折りにされた紙片を取り出した。

受け取って開くと、見慣れぬ住所が目に飛びこんでくる。アパート名や部屋番号が書かれているので、おそらく賃貸物件なのだろう。

「新しい住所です。青児さんが風邪で寝こんでいる間に用意しました。半年分、家賃を前払いしてますので、できれば今夜中に移ってください。三千万円の返済方法は、追って連絡します」

え、と声がつまった。酸欠を起こしたように視界が霞む。どうにか唾を呑みこんで、

「け、けど、明日、荊さんとの果し合いが――」

「紅子さんに同行してもらいます。同伴者は一人のみですし、彼女の方が適任ですから」

「待った！　あの、ちょっと待ってください……まさかクビってことですか？」

訊ねた途端、皓少年が顔をうつむけた。おそらく肯定の返事の代わりに。いや、本当は、わかっている。わざわざ訊ねるまでもなく、正真正銘の解雇通告だ――けれど。

（違う、本当はクビにしたいわけじゃない）

直感という以上に、確信に近いものがあった。

もう助手として必要ない――それがどんなに手酷い事実だったとしても、本当のことを告げる時に、皓少年が目をそらすはずがないのだから。

――だから。

受け取った住所を握りしめ、青児は立ち上がった。

（さっき、紅子さんと話ができて本当によかった）

内心そう独りごちる。もしも青児のすることが間違っていたら、それこそ痺れ薬をしこんででも止めてくれるだろうから。そうして誰かを信じられるのが嬉しかった——信じてもらえることも。

だから。

「お断りします」

と一息に言った青児は、その手に握った紙をビリビリに引き裂いた。

風が、吹く。

細切れになった紙片は、蝶のように風に攫われ、曇天に羽ばたいて見えなくなった。

「当たってる自信はないんですが、たぶん皓さんは俺の心配をしてる気がしたので」

振り向くと、珍しく驚きに目をみはった皓少年の顔があった。そして青児は、その唇から声が返るよりも早く——。

「けど、俺も同じなんで、もしも出て行けって言うんなら、皓さんを連れて逃げます」

「……は？」

「いや、これまでの人生、伊達にバックレ続けてきたわけじゃないんで、頑張れば意外といけるような気が……いやいや、じゃなくて、ええと」

何を言うのか、何が言えるのか自分でもわからないまま、それでも何とか言葉にした。

結局、言いたいことなど、ただ一つきりだ。

「逃げるのが嫌なら連れて行ってください。この先どこに行くのでも、とりあえず生きていてくれたら、俺はそれでいいので」

皓少年から返事があるまで一呼吸分の間があった。

何か言おうとして口を開き、またすぐ閉じる。唇からこぼれかけたものを危うく呑みこむ仕草にも見えた。そして、息を整えるように深呼吸して、

「……ですか？」

「ですね」

「この先、たとえ地獄でも？」

「いえ、きっと大丈夫だと思うんで、大丈夫ですよ」

なにせ皓さんですし、とつけ加えると、見たことのない表情が返ってきた。ほんの一瞬、泣きそうになって我慢したような、微笑もうとして止めたような、そんな顔で。

「ふふふ、実は僕もそう思います」

「……ですよね」

「ですね」

もしも、この場に別の誰かがいたら、あからさまな強がりや虚勢に聞こえただろう。けれど二人しかいない今は、ただ本当にしかならなかった。

根拠も、自信もなくても、それでも嘘だけはなかったから。

「では、青児さん。先のことは置いておいて、地獄の一歩手前まで付き合ってもらいま

しょうか」

はい、と頷く。逆に言えば、ただ頷くことしか青児にはできない。前に立って手を引くことも、隣で肩を並べることも、決してできないと知っているから。

それでも。

ふとした拍子につまずいた時、後ろに倒れてしまわないよう、ほんの少し背中を支えることならできる気がした——だから、今はまだ、半歩後ろにいたいのだと。

——やがて、夜になる。

第二怪　百鬼夜行

一夜明けて、また夜が来た。例によって皓少年と二人、タクシーを呼んで東京駅へと向かう。まだ日没間もないにもかかわらず、車窓を流れる街並みは昏かった——いや、むしろ白い。

霧だ。

スマホの天気予報アプリによると、東北から九州まで濃霧注意報が発令中らしい。見慣れたはずの夜景が、煙ったように白くぼやけて、窓ガラス一枚向こうは別世界だ。白い霧でかすんだ高層ビルは墓標にも見える。その合間を縫う車の流れは、それこそ亡者の列よろしく遅々として進まなかった。人も車も少ないのに、なぜか渋滞にハマってしまったらしい。

車内のデジタル時計を見ると、すでに五時を回っている。果たして間に合うのか。

が、下手に気を揉んでも仕方ないので、

「ええと、〈青い幻燈号〉っていうのは一体どういう列車なんですか?」

「今年の一月に運行を開始した東京駅発のクルーズ・トレインですね」

待ってました、と言わんばかりに、立て板に水の説明が始まった。

「一昔前に〈ブルートレイン〉の愛称で親しまれていた〈北斗星〉や〈カシオペア〉といった夜行寝台列車の後継です。直接的には二〇一三年にJR九州が運行開始した〈ななつ星in九州〉の成功をうけ、二度目の東京オリンピックを契機に製造されたそうで」

「ずばり予算の方は？」

「ざっと三十億円だそうです」

「……まけてもらえれば国とか買えませんかね？」

唖然として言うと、皓少年が口元を押さえて吹き出した。言えた義理ではないが、相変わらず、いまいち緊張感に欠ける御仁である。

「それにしたって、よくそんな列車を調達できましたね」

「パーティ会場などに利用できるよう、グループや企業でチャーター可能なようですよ。もともと深夜帯は臨時ダイヤも組みやすいですしね」

なるほど、金に物を言わせれば、さほど無茶でもないわけか。

「陸の豪華客船として、賓客のもてなしにも使われるそうです。まさに鉄路を走る高級ホテルですね。ただ、時代遅れの貴族趣味という批判もあるようですが、〈オリエント急行〉がモデルの一つと聞くと、詮ないことなのかもしれませんね」

はて、どこかで聞いたことあるような。

「世界的に有名なミステリー作品に〈オリエント急行殺人事件〉がありますから、目にする機会も多いと思いますよ」

いわく――〈オリエント急行〉とは、一八八三年の春に、名門ワゴン・リー社によって誕生した、世界初の豪華寝台列車だそうだ。

かつて〈青い貴婦人〉とも讃えられた豪華寝台列車の最高峰。

王侯貴族、大富豪、高級官僚――さまざまな上流階級の人々をのせた列車は、ヨーロッパの社交場とも称され、第一次世界大戦後の黄金時代には、〈犯罪の女王〉と呼ばれたアガサ・クリスティの不朽の名作〈オリエント急行殺人事件〉が発表されている。

しかし、殺人事件と聞くだけで死亡フラグに思えるのは、もはや職業病だろうか。

と、つと皓少年が車窓に顔を向けて、

「ああ、ようやく着いたようですよ」

言うが早いか、霧のベールの向こうに、見慣れた東京駅のビル群が迫ってきた。

やがて八重洲口の降車場でタクシーを降りると、二人連れ立って駅構内へと向かう。

波のようにうねる霧をかき分け、半歩先を行く皓少年の背中を追いかけた。

突き刺さる外気の冷たさは、天気予報を上回るほどの冷えこみぶりで、改札口が見えた時には、思わずほっと息がもれる。

「さて、なんとか間に合いそうですね」

と呟いた皓少年は、厚手のマフラーで口元まで埋もれている。紅子さんの手編みだ。

「えーと、案内板によると、この先に専用ラウンジがあるって――あ、あそこに」

足が――止まった。

指さした先に、見覚えのある人影があったからだ。見上げるほどの長身に、白手袋をはめた黒の燕尾服姿。列車クルーの制服なのだろうが、堂に入りすぎているせいで執事然として見える。

——篁さんだ。

「ようこそ、お待ちしておりました」

唇に薄ら笑みを刷いて、見惚れるような所作で一礼する。そして、胸元から懐中時計を取り出すと、パチリ、と音を立てて蓋を開いて、

「もうじき発車ですので、専用ラウンジ奥の直通エレベーターから乗り場までお越しください。他の乗客の皆さんは、すでに六人全員、車内でお待ちです。発車後すぐにディナーの席へご案内しますので、荷解きが終わりましたらラウンジ車に——」

「え、ちょ、六人って……ま、まさか全員、俺たちの敵ってことですか？」

「いえ、ご心配なく。いつもの地獄堕とし勝負と同じです。後ほどご説明しますので」

遮るように言って一通の封筒を差し出された。慌てて受け取って封を破ると、

「……鍵？」

真鍮色をしたアンティーク風の、いわゆる棒鍵だ。持ち手の穴に紺青色をしたサテン生地のリボンが結ばれ、〈三〇二〉と印字された薄いコルク製のタグが下がっている。

「客室のルームキーになります。お二人のお部屋は三〇二号室です。車内の見取り図も同封しましたので、あわせてご覧ください」

中にあった紙を開くと、たしかに車両編成図だった。

先頭は、機関車。最後尾は、展望車。中央に配置されたラウンジ車と食堂車をはさんで、一車両二部屋の客車が、前後に二両ずつ配置されている。全部で八両編成だ。

それぞれの客室には数字がふられ、乗客の氏名が書きこまれている。

「……荊さんは？」

訝しげに訊ねた皓に、あっと青児は息を呑んだ。

本当だ――ない。

凜堂荊の名が抜け落ちている。まさかまた別人になりすまして――と思いきや、

「荊様は、最後尾の展望車にいらっしゃいます。勝負がつくまでの間、連結部のドアを閉鎖しますので、客車との出入りは一切できません」

え、と思わず声が出た。

いや、待った。まさか果し合いの場に、肝心の本人がいないなんてことは――。

「お二人のお相手は、荊様の同伴者にあたる乗客になります。言わば、代理人ですね」

そのまさかだった。

「……なるほど、相変わらず高みの見物なわけですか」

と皮肉げに呟いた皓少年は、あきらめたように溜息を吐くと、

「その代理人とやらが、篁さんなのでは？」

「いえ、私は立会人です。勝負の公正を期するため、つつしんで審判役をつとめさせて頂きます」

「これまで通りに？」

「ええ、これまで通りに」

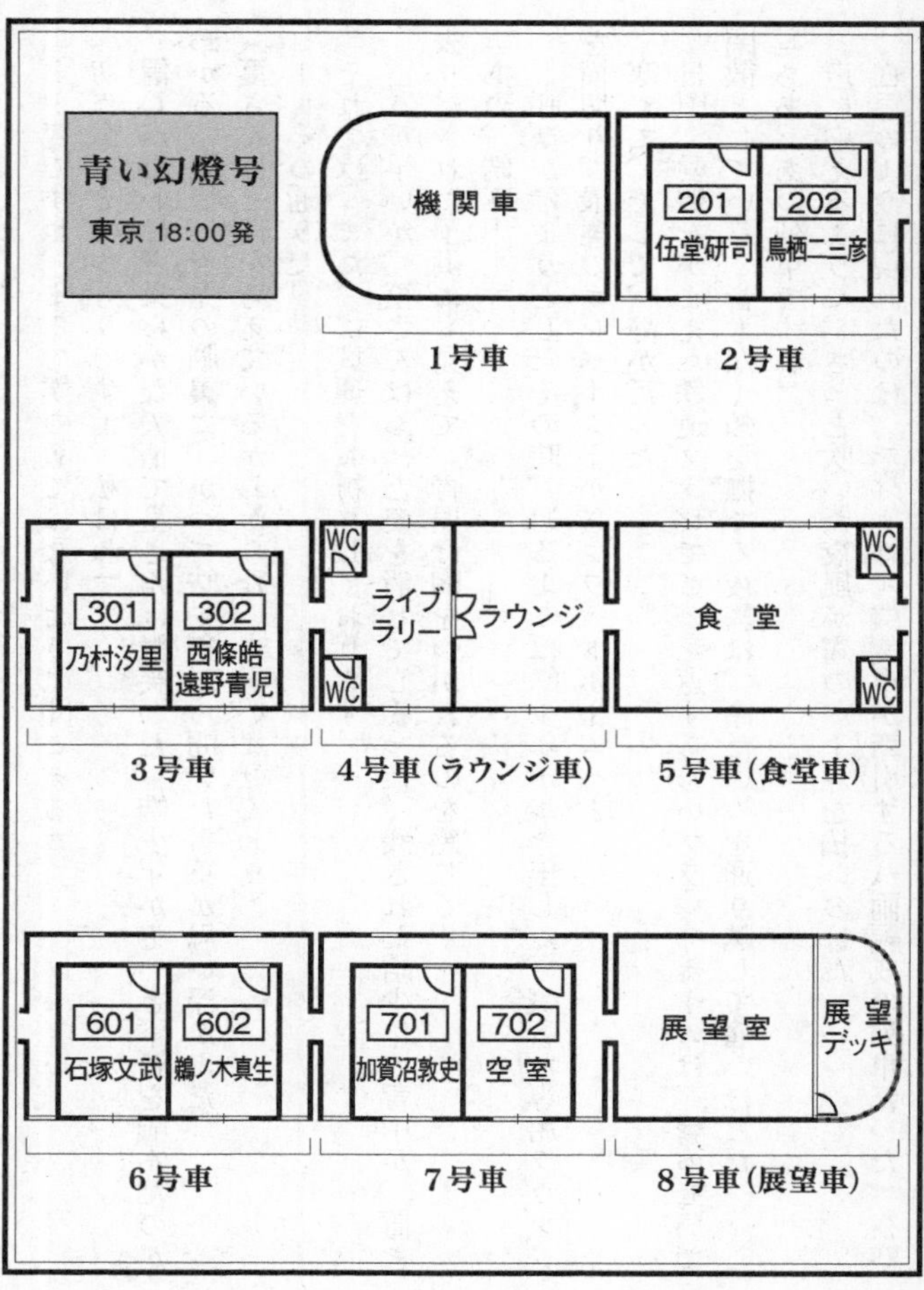

青い幻燈号
東京 18:00発
機関車
1号車
201
伍堂研司
202
鳥栖二三彦
2号車
301
乃村汐里
302
西條皓
遠野青児
3号車
WC
ライブラリー
ラウンジ
WC
4号車（ラウンジ車）
WC
食堂
WC
5号車（食堂車）
601
石塚文武
602
鵜ノ木真生
6号車
701
加賀沼敦史
702
空室
7号車
展望室
展望デッキ
8号車（展望車）

「……変ですね、まるで僕の敵ではないように聞こえる」

「初めからそのつもりですよ、私はね」

信じがたいほど柔らかな表情で篁さんは微笑った。皓少年がそっと下唇を噛んだのがわかる。直後、青児の脳裏に、かつて皓少年から聞いた言葉が思い浮かんだ。

〈篁さんほど何を考えているかわからない人もいませんねえ〉

——その通りだ。

「それでは、また。ご武運をお祈りしております」

言うが早いか、篁さんはふっと姿を消してしまった。残された皓少年の背中が、置き去りにされた子供にも見えて、青児は胸をつかれるのを感じる。

「あの、皓さ——」

と呼びかけようとしたその時、遮るように皓少年が歩き出した。豪奢な専用ラウンジを横切り、最奥のエレベーターからプラットホームへと。

寒くて、そして、静かだった。

日頃、愛機をかまえた鉄道ファンでごった返すらしいプラットホームは、霧のせいで閑散としている。音もなく頬を撫でる夜霧は、冷たいのを通り越して痛いほどだ。

「ああ、あの列車ですね」

声に応えるように、さっと吹いた夜風が霧のベールを払いのけた。

亡霊のように現れたのは、ディーゼル機関車が牽引する八両編成の列車だった。夜空の紺青に塗られた車体は鏡のように磨き上げられ、側面に金色の一本線が走っている。月と星をモチーフにしたエンブレムには、列車名がローマ字で刻印されていた。

──青い幻燈号。

「えーと、確か俺たちは三号車でしたよね」

「おや、ちょうど目の前ですか」

そうして皓少年が、三号車からのびた真鍮色の乗降段を上り始めたところで、

「あの、皓さん」

緊張で声を上ずらせつつ、ようやく青児は呼びかけることができた。

「その、なんていうか、篁さんと一度ちゃんと話し合った方がいいんじゃないかと」

「……どうしてです？」

「結局、皓さんは篁さんを信じてたからこそ、そんな風に怒ったり傷ついたりしてるんだと思うんです。だって〈裏切り者〉なんて言葉、もともと味方だった相手にしか使わないじゃないですか」

青児の目には、互いに気を許し合っている間柄にも見えたのだ。もしも、そのすべてが嘘ではなかったとしたら──。

「篁さんが何を考えてるか、正直、さっぱりわかりません。だからこそ、まだ訊くことができる内に、ちゃんと訊いた方がいいんじゃないかと──俺はできなかったので」

強く拳を固めて言った。脳裏に浮かび上がる浴室の死体から目をそらし、後悔の二文

字を手の平で握り潰すようにして。

と、そこで振り向いた皓少年は、眩しいものでも見るように目を細めると、

「青児さんは、本当に青児さんですねえ」

例によって、しみじみと噛みしめる声でそう言った。

「正直、僕の受けとめ方の方が、人間らしいんじゃないかと思いますよ。借金の山を押しつけられたあげくに自殺されて——そんな風に裏切られてなお〈友だち〉と呼び続けることの方が、正気の沙汰じゃありませんから」

そうして仄かに淋しげな顔で微笑むと、

「けれど、見習いたいとは思っています——僕には、無理かもしれませんけどね。何にせよ、その話は後にしましょう。発車まで、あと十分もありません」

「は、はい、すみません」

慌てて皓少年の後に続いて乗降段を上った。

車内に一歩踏みこんだ途端、すっと空気が変わったのを感じる。空調——ではない。もっと漠然とした違和感だ。まるで現実から虚構へと迷いこんだような。

「……まさか、また結界が張られたりしてませんよね？」

「残念ながら、大いにありえると思います」

と言った皓少年の手には、ホーム画面の表示されたスマホがあった。見事に、圏外。

「……帰りません？」

「正直に言うと、僕も帰りたいですね。人質がいなければ、の話ですけど」

膝を抱えてうずくまりたい衝動にかられた青児に、皓少年もまた遠い目をしている。

「ま、まあ、けど今回は、対策らしきものもしてきたわけですし」

言いつつ青児は、右耳にはまったカフスを指先で叩いた。今夜のために皓少年があつらえたのだが、正直、似合わないにもほどがある。

「ふふ、らしきもの、なのが物哀しいですけどね」

結局、ままならなさを二人で嘆きつつ、ガラス製の自動ドアになった連結扉をドナドナくぐる。一車両に二部屋では迷いようもなく、すぐに三〇二号室に到着した。早速、先ほどの鍵を取り出そうとして、はたと気づく。はて、ドアスコープはあるものの、肝心の鍵穴がないような。

「ああ、一見、アンティークの鍵に見えますが、いわゆる電子キーなんだと思います。レバー部分にセンサーがあるようですから、かざしてみてください」

「あ、こうですか……おお、開いた」

カチンと鍵の回る音がする。解錠したのだ。

「えっと、お邪魔しまーす」

「返事があったら怖い気もしますねえ」

内開きのドアをくぐる。振り向くと、ドアの内側についたサムターンが、ひとりでに半回転したのが見えた。どうやらオートロックのようだ。

(ええと、照明のスイッチは……あ、あった)

途端、室内灯が一斉にともった。

「おおお、広い！」

ドア周りの床は寄木細工だ。その奥に象牙色をした絨毯が広々と敷かれている。左手にクイーンサイズのベッドが二つ。右手に二つ並んだ扉は、どうやら手前がクローゼット、奥がサニタリールームらしい。窓辺で向かい合ったソファを含め、すべての調度品がアンティーク調だ。

列車の中から、突如としてヨーロッパの高級ホテルに移動してしまったようで、かすかに眩暈を覚える。気を抜くと、夢見心地のまま現実に戻れなくなりそうだ。

とは言え、十中八九、悪夢に違いないのだが。

と。

一通り客室の点検を終えた頃、テーブルの上にネームバッジを見つけたので、装着ついでに着替えることにした。無論、紅子さんお手製の三つ揃いのスーツだ。

着替えの必要がない皓少年は、窓辺のソファに腰かけている。思いの外、その横顔が険しいのを見て、胸がざわつくのを感じた。結局、最後にはそこに行き着くのだ——今夜、この列車の中で一体何が起こるのだろう。

「あの……やっぱり皓さんが持ってた方がよくないですか？」

着替えを終えて対面のソファに腰かけると、ジャケットの前をめくってショルダーホルスターを見せた。中には、棘から借りパクした回転式拳銃がおさまっている。ちなみにS&WM19だそうだ。

「うーん、外見的には、青児さんの方がまだハッタリがききそうですしねえ」

「まあ、ですよね」

「僕の場合、拳銃より妖怪を出した方が脅し甲斐がありそうですし」

「……ですよね」

なんとなく会話が途切れて、はめ殺しになった車窓に目を向けた。

列車は、今も霧の中にいる。

霧の向こうには、ただ夜だけがあって——このプラットホームの他には、街も人も何も存在していないのではないかと錯覚させるような、そんな景色だ。

「ええと、まさか〈オリエント急行殺人事件〉も霧の夜だったりしませんよね？」

「ふふ、僕としては〈銀河鉄道の夜〉の方を思い出しますね」

「ああ、ジョバンニとカムパネルラの……どんな話でしたっけ？」

「宮沢賢治の童話作品ですね。貧しい生活をしている少年・ジョバンニが、友人のカムパネルラと銀河鉄道の旅をするんですよ」

ふむ、小学校の頃に読んだことがあるような……とは言え、天の川とか銀河とか水晶とか、やけに綺麗な話だな、と思ったことの他には、ほとんど何も思い出せなかった。

果たして、遠い場所へと旅に出た二人は、無事に帰ることができたのだろうか。

「さて、そろそろ発車時刻ですね」

と、おもむろに立ち上がった皓少年に続いて、青児も客室の外に出た。

列車の進行方向とは逆に進むと、一見、書斎にも見える空間が現れる。見取り図によると〈ライブラリー〉と呼ばれる共有スペースだそうだ。

その名の通り、ガラス扉つきの本棚には、鉄道関係の本や写真集が並んでいる。橙色(だいだいいろ)のランプが灯(とも)った書き物机には、便箋(びんせん)や万年筆などの文具と一緒に、客室と同じ電話機が置かれていた。

「おや、ここの窓は、客室と違ってはめ殺しじゃないんですね」

「あ、ほんとだ」

さすが目ざとい。換気用なのか、クランクを回して窓ガラスを上下させるらしい。

――さて。

そんなこんなでライブラリーを後にすると、ついにその先がラウンジ車だった。

「おおー、さすが豪華ですね」

目をみはった青児の口から、思わず歓声がもれる。

一見した印象は、高級ホテルのラウンジだ。豪奢(ごうしゃ)なシャンデリアの下には四人の先客たちがいて、先に配られたらしいシャンパングラスを手にくつろいでいる。

まず目を引いたのは、アップライトピアノの側で向かい合った二脚の長椅子だった。片側には女子高校生らしき十代の少女。その向かいに三十代と思(おぼ)しき中年女性。華やかなパーティドレスに地味なビジネススーツと、ずいぶん対照的な服装をした二人だ。

その手前にも、一見、正反対に見える男性二人の姿があった。

一方は、浅黒い肌にライダースジャケットを着た二十代。もう一方は、厳格な教師然とした面持ちの年配男性だ。なぜか手元にウィスキーのショットグラスがある。

（あれ、変だな。たしか乗客は六人のはずじゃ……って）

――いた。

壁際に小柄な青年の姿がある。オーバーサイズのパーカーにジーンズを組み合わせた格好で、耳にイヤホンをはめていた。大学生だろうか、と首をひねった、その一瞬後。

室内が、化け物づくしに変わった。

「え？」

まず目に飛びこんできたのは、青児にも見覚えのある妖怪たちだ。

一匹目は〈しょうけら〉。耳まで裂けた口に禿げあがった頭。鷹のような鉤爪で長椅子の背にしがみついている。その向かいには、小さな仁王姿をした〈枕返し〉。三匹目は〈小豆洗い〉で、子供ほどの背丈をした老爺が、せっせと洗い桶をかき回していた。

そして。

「ひ、ひぃ！」

思わず悲鳴を上げたのは、血まみれの赤ん坊のせいだ。ソファの一脚が、大きな刀傷のついた石に変わり、その上に赤ん坊が仰臥している。飢えか、怨みか――あるいは哀しみなのか。爬虫類めいた顔を歪ませ、おぎゃあ、おぎゃあ、と泣いている。

と、不意に。

にゅっと壁際から影が現れた。だらだらと涎を垂らした餓鬼が、血走った目で青児をにらむ。そして、顔の肉を剝ごうとするかのように二本指を突き出して──。

「わ、わ」

たたらを踏んだ直後、間一髪、その背中を支えてくれた手があった。皓少年だ。

「さて、一体、何人が妖怪に見えたんです？」

「ぜ──」

全員、と答えようとして喉が詰まってしまった。

と。

「やあ、まいったな。うっかりうたた寝してしまって。遅刻でないといいんですが」

場違いに爽やかな声がした。振り向くとノーネクタイにジャケット姿の男性が立っている。そして、いかにも好青年らしく苦笑したその顔が──突如として黒く染まった。

「う、あ」

茫然と凝視する青児の前に、黒い影法師がぼうっと浮かぶ。僧侶にも見える着物姿だった。うわ言めいた唇の動きは〈油かえそう、油かえそう〉と読み取れる。

直後に──悟った。

今、目の前にいる六人の乗客たちは、全員が地獄堕ちの罪を犯した罪人なのだ。

「……なるほど、どうやら僕たちは、百鬼夜行にまぎれこんだようですね」

青児の表情から悟ったらしい皓少年が、ぽつりと呟く。

直後に、ゴトン、と車輪の回る音がして。

裁かれざる罪人――六匹の化け物を乗せた夜行列車が、線路の上を走り出した。


――百鬼夜行が始まったのだ。

＊

定刻通りに発車した列車は、次第に速度を上げていった。

車輪がレールの継ぎ目を拾う音が、タタン、タタン、と振動として伝わってくる。と、洗面台にしがみついた青児は、半泣きになりつつ胃液を吐いた。まさかの人酔いならぬ、化け物酔いである。いくら何でも、六人というのはさすがに多い。

「さて、どうも厄介なことになりましたね」

青児の背中をさすりつつ、皓少年がそうぼやいた。

場所は、ライブラリーの手前に設けられた共用トイレだ。見取り図によると、ラウンジ車と食堂車を前後にはさむ形で、二箇所に設置されているらしい。

お陰で「ちょっと乗り物酔いして」とラウンジ車を抜け出して後、心置きなくマーライオン化できたわけだが――正直、今もって生きた心地がしない。

「しょうけら、枕返し、小豆洗い――残りの三匹も、だいたい見当がつきました。血まみれの赤ん坊ののった石が〈夜泣き石〉、口から涎を垂らした餓鬼のような化け物が〈狐者異(こわい)〉、そして、最後の六人目――僧侶の姿をした影法師が〈油坊主〉ですね」

「一人一人、別々の罪を犯した罪人ってことですか？」

「ええ、そうなりますね」

と、ようよう吐き気のおさまった青児は、ふと一つの可能性に思い当たって、

「……あの、本当に〈百鬼夜行〉ってことはないんでしょうか？」

「はて、どういう意味です？」

「獅童家の事件では、蛇、狸、虎、猿の四人で〈鵺(ぬえ)〉っていう妖怪(ようかい)でしたよね」

そう、なんと一家四人全員が、一つの殺人事件にまつわる共犯者だったのだ。

「てことは、六人全員が〈百鬼夜行〉っていう一つの罪の共犯って線はないのかなと」

「乗客全員が共犯者――となると、それこそ〈オリエント急行殺人事件〉ですね。けれど、おそらくその可能性は低いのではないかと」

はて、なぜ、と首を傾げると、

「青児さんは〈百鬼夜行〉をどんなものだと思ってますか？」

「えーと、色んな妖怪たちが集まって、真夜中に外をオラつく感じかと」

ずばり暴走族の妖怪版だ。

と、どうも吹き出しかけたらしい皓少年が、誤魔化すように咳払いして、

「〈百鬼夜行〉は、古くは平安時代の昔、夜の都大路を徘徊する異形の者たちを指したんですが、あくまで正体不明のものだったんですね。えも言わず恐ろしげなるものどもなり――つまり確固たる姿形を持たず、正体は不可視の闇に隠されていたわけです」

「えーと……けど、正体不明なのに、どうして名前が」

「もともと〈百鬼夜行〉の鬼という字は〈隠〉が語源ですからね。そもそも〈妖怪〉の語が初めて使われたのは〈続日本紀〉で、当時は〈原因不明の怪しい事象〉を意味したんです。今でいう、目に見えない物怪の類ですね。そして〈百鬼夜行〉は、そんな〈えも言わず恐ろしげなるものども〉の集合なんですよ」

「あー……なるほど」

なんとなく理解できた。

となると〈しょうけら〉や〈枕返し〉など、正体のはっきりした妖怪たちがいくら集まったところで、〈百鬼夜行〉にはなりえないわけか。

が、しかし。

「えーと、けど、どこかで〈百鬼夜行〉の絵を見た気がするんですが……すり鉢とか琵琶とか、そういう古道具のお化けがたくさんいて」

「ああ、おそらく土佐光信作の〈百鬼夜行絵巻〉ですね。時代が下って、室町時代の作品です。この時代になると、妖怪は〈姿の見える存在〉になるんですよ。そして、この

絵巻に描かれた異形の多くが、年古りた器物の怪――すなわち付喪神だったので、後世では〈百鬼夜行〉と言えば、付喪神をイメージするようにもなったんですね」

「え、じゃあ、時代によってイメージが変わったりするんですか？」

「ふふ、江戸時代になると、さらに変遷します。〈百鬼〉や〈百鬼夜行〉という言葉に、あらゆる化け物を博物学的に羅列したもの――という意味合いが付加されるんですね。百科事典の〈百〉と同じです。これについては青児さんも馴染み深いと思いますよ」

……はて、心当たりがないが。

「鳥山石燕の〈画図百鬼夜行〉です」

あ、と声が出た。なるほど、文字通り〈妖怪図鑑〉という意味だったのか。

……さて、しかし。お陰様で〈百鬼夜行〉の何たるかはわかったのだが。

「えーと……けど、結局、本題の方は一ミリも進んでないですかね？」

「正直、まだ何もわかりませんからね。篁さんの話を信じるなら、荊さんの同伴者は一人のみ。残りの乗客が、何のために同乗しているのか、それすら不明なわけですから、とりあえず様子見しかないんじゃないかと」

ふむ、確かに。

とは言え、列車という閉鎖空間内で、六人もの犯罪者――下手をすると全員、殺人犯だ――に囲まれている状況は、控えめに言ってスリルとサスペンスの匂いしかしない。

「いったんラウンジ車に戻りますが、くれぐれも用心してくださいね」

皓さんも、と心の中でつけ加えつつ、二人連れ立って共用トイレを出たところで、

「おわっ！」

いきなり〈しょうけら〉に出くわしてしまった。

いや、違う。先ほどラウンジ車にいた女子高生だ。胸元のネームバッジには〈鵜ノ木(うのき)真生(まお)〉とある。どうやら同時にトイレから出たせいで鉢合わせしてしまったらしい。

「す、すみません！」

「いえ、私の方こそ、驚かせてしまって」

と青児に会釈を返すと、人懐こい笑みを皓少年に向けて、

「さっき篁っていうスタッフさんが、ラウンジ車まで挨拶(あいさつ)に来たんです。ディナーの時間になったので、全員、食堂車に移動するようにって」

「おや、そうでしたか。ご親切にありがとうございます」

「いえ、正直、戻ってくれてほっとしました。年の近い人がいなくて心細かったんです。私、高三なんですけど……えっと、西條(さいじょう)さん、ですか？も同じくらいですよね」

「ええ、少しばかり年上ではありますが、似たようなものですね」

うむ、人間的にはオーバー古希だが、魔族的にはユトリ世代だ。

「やっぱり同年代ですか！　わあ、なのに和服が似合うってすごいですね……もしかして代々続く家元の跡取りとか、そんな感じですか？」

「ふふふ、ご想像にお任せします」

目を輝かせる鵜ノ木さんに、例によって皓少年がのらくらとはぐらかしている。

と、やがて。

「ところで鵜ノ木さんは、今夜どうしてこの列車に？」

「……それが、変な話なんですけど、自分でもよくわからなくて」

鵜ノ木さんの顔には、今までにない影があった。どこか眼差しに怯えを含んで。

「気づいたら、この列車に乗っていた感じで。いえ、無賃乗車じゃないんです。招待状もありますし、そう言えば旅行会社のモニターに応募したなって思い出して……たしか参加型推理ゲームのイベントだって……けど、その記憶もぼんやりしてて」

参加型の推理ゲーム――どうも不吉な予感しかしない。

「なんていうか、夢の中の出来事を思い出してる感じなんです。このドレスだってレンタルしたのは覚えてるんですけど……それって本当に私の記憶なんでしょうか？」

普通なら、意味不明の一言に尽きるのだろう。なのに、ぞわりと肌が粟立つのは、それが誰の仕業か見当がついてしまうからだ。

凜堂荊――いや、篁さんだろうか。

「……どうも偽物の記憶を植えつけられているようですね」

と皓少年が青児の耳元で囁いた。

まさか拉致されたなんてこと――と青児が戦慄していると、ドン引きされたと勘違いしたらしい鵜ノ木さんが、あたふたと胸の前で手を振って、

「ごめんなさい、変なこと言って。忘れてくださいね」

「いや、あの、ええと」

それきり話を打ち切られてしまった。そうして、気まずい沈黙のまま、無人になったラウンジ車を通過し、食堂車へと通じる連絡扉をくぐったところで、

「わあ、映画みたいですね！」

一転、鵜ノ木さんからはしゃぎ声が上がった。

輪をかけて時代がかった空間に、四人掛けのテーブルが、前後に二卓並んでいる。真っ白なテーブルクロスには、銀のカトラリーが整然と並び、幻想的なテーブルランプが、車輪の振動によって小刻みに火影を震わせていた。そのせいか車窓に映った乗客たちの姿は、どれもぼんやりと輪郭をぼかしている――まるで亡霊たちの晩餐会だ。

奥のテーブルはすでに埋まり、手前のテーブルには窓際に先客の姿がある。

先ほど〈狐者異〉という妖怪に見えた大学生風の青年だ。ネームバッジには〈鳥栖二三彦〉とある。相変わらず、耳にイヤホンがはまっているのを見ると、相互コミュニケーション不可のようだ。

「えーと……お邪魔します」

いちおう断りを入れつつ、適当に椅子を引こうとしたところで、

「よかったら西條さんの向かいに座ってもいいですか？」

そう鵜ノ木さんが言い出した。

「テーブルマナーが全然わからないので、よかったら真似させて欲しいんです」

という理由のようだが、耳まで赤くなっているところを見ると、さてはて。

「脈ありじゃないですか？」

にやにや笑いを浮かべた青児が、小声で皓少年に耳打ちすると、

「ふふふ、どうですかね。火遊びはもう少し大人になってからと決めてますが」

「てことは、遊ぶの前提なんですね？」

「……」

「さて、座りましょうか。青児さんが窓側で、僕と鵜ノ木さんが通路側ですね」

誤魔化した！

すかさず逃げの一手に出た皓少年に、青児が追い打ちをかけようとしたところで、

「あの篁って人は、君たちの知り合いなのかな？」

不意打ちのように声がかかった。鳥栖青年だ。

「ど、どうして、そう思ったんです？」

あたふたと青児が訊ね返すと、

「いや、別に。ただ何となく」

言うが早いか、明後日の方を向いてしまった。まったくもって意味不明だ。

(何だったんだ一体……いや、それよりも、意外に声が渋い、ような)

現役大学生と思いきや、もしや同年代か――下手をすると年上なのかもしれない。

と、スマホで写真撮影中らしい鵜ノ木さんから、相変わらずはしゃいだ声がして、

「わ、あっちのテーブルもすごいですね。花が多すぎてテーブルからこぼれそう！」

見ると、通路の向こう側に小テーブルが二卓あって、進行方向側には白百合（しらゆり）のアレンジメント、もう一方には赤ワインの並んだワインラックが飾られている。

「おや、レコードプレイヤーですか」

「あ、ほんとだ」

目を凝らすと、白百合の中央にアクリルケースがあって、中で黒色のレコード盤が回転していた。盤面の溝をなぞる針が、控えめな音色を奏でている。クラシック曲だ。

「ふん、葬式の花だな、趣味の悪い」

吐き捨てるような声に、ぎょっと青児は振り返った。

ちょうど青児の真後ろに〈小豆洗い〉が――いや、教師然とした印象の、しかめ面をした男性がいる。胸元のネームバッジには〈石塚文武（いしづかふみたけ）〉とあった。

うむ、いかにも嫌味なオッサン然としている。サスペンスドラマなんかだと、手近な鈍器で衝動的に殴られがちなタイプだ。

（けれど、確かに……白と黒となると）

と考えて、青児はすっと背筋が冷えるのを感じた――弔いの花と棺（ひつぎ）の色だ。

……さて。

そんなこんなで始まったディナーは、フランス料理のフルコースだった。時折、咳きこんでしまう場面はあったものの、緊張で喉も通らない——ということは無論なく、列車クルーとして篁さんにサーブされた料理は、どれも申し分ない美味しさだった。おそらく齧ったら皿まで旨い。

が、しかし。

「そう言えば、普通に食べて大丈夫なんでしょうか？」

「……しっかり前菜を片づけてから気づくところが青児さんですねえ」

はっと気づいて訊ねると、皓少年から生温い眼差しが返ってきた。め、面目ない。

「互いに直接危害を加えることはできない、という取り決めがある以上、毒を盛ってどうこうはないと思いますよ——ただ、他の乗客はわかりませんが」

な、なんと。

しかし戦々恐々とする青児をよそに、ディナーは滞りなく進んでいった。

（よ、よかった。このまま無事に終わりそうだ）

今、テーブルの上では、食後のコーヒーが仄白い湯気を上げている。同時に、あちこちに雑談の輪ができていた。相変わらずイヤホンと一体化している鳥栖青年はさておき、皓少年と鵜ノ木さんの二人は、先ほどからペット談議で盛り上がっているようだ。

……さて、皓少年が何を飼っているのか、とんと存じ上げないが。

「あはは、わかります。体に悪いってわかってても、おねだりされると弱いですよね」

「ええ、毒だとわかってるんですが、ついつい。せめて量を減らしたいんですけど」

おそらく鵜ノ木さんの話題は犬のオヤツで、皓少年は誰かさんの煙草だ。一から十まで食い違っているのに、なぜかガッチリ嚙み合っているのが恐ろしすぎる。

見ると、テーブルに置かれた鵜ノ木さんのスマホに、写真が一枚表示されていた。

夜中に撮影したのか、黒一色に染まった窓ガラスを背に、ベッドの上で丸くなった柴犬が大あくびしている。端の方には、金属製の水入れが写りこんでいて、フラッシュの反射で読みづらいが、油性ペンの字で〈ダイフク〉と読めた。

うむ、名は体を表すという言葉通り。これなら確かにダイエット必須だ。

「皓さんの飼っている子は、写真とかないんですか？」

「ええ、そうですね。残念ながら、まだ一枚も……ちょっと撮ってみましょうか」

と、いち早く危機を察知した青児は、テーブル下に逃げこんで難を逃れた。

が。

「う、げほ、ごほ……が！」

咳きこんだ拍子に、ゴン、と天板に頭をぶつけてしまう。衝撃でスティックシュガーが二本落下した。鳥栖青年と青児の分だ。慌てて拾ってテーブル下から這い出ると、

「す、すみません！　よかったら篁さんに取り替えてもらって」

「いや、別にそれでいいよ」

あっさり言った鳥栖青年が、青児の手からスティックシュガーを受けとると、早速、

コーヒーに注ぎ入れた。意外と鷹揚な性格のようだ。いや、違う。

と、そこで。

「あ、あの、よかったらどうぞ」

声のした方を見ると〈枕返し〉がスティックシュガーを差し出していた。いや、違う。ビジネススーツを着た中年女性で、ネームバッジには〈乃村汐里〉とある。

「私、甘いコーヒーが苦手なので、よかったら使ってください」

「あ、けど、実は俺も、コーヒーはブラック派で」

「え、あ、す、すみません、差し出がましいことを」

「い、いや、あの、こっちこそ、その」

……なぜか謝罪合戦になってしまった。

どうも青児と同タイプのコミュ障のようだ。追試会場で赤点仲間を見つけたような心持ちで、内心フレーフレーと声援を送っていると、

「だから、あの辛気臭い曲を止めろと言っとるんだ！」

背後でいきなり怒声が上がった。慌てて振り返ると、石塚氏だ。どうやら篁さんを呼び止めて、難癖――もとい、クレームを入れているらしい。

（どうもヤバイ人っぽい感じなんだよな）

不機嫌そのものに歪んだ顔は、片頬がピクピクと痙攣している。一見、高価そうなスーツも、ろくに手入れされていないのか、あちこち染みだらけだ。

　そう言えば――ラウンジ車でも一人だけ追加でウィスキーを吞んでいた気がする。心なしか声も酒焼けしているし、重度の酒飲みなのかもしれない。

「申し訳ありません。こちらのアルバムを流すよう申しつけられておりまして」

「ふん、ファミレス並みのマニュアル接客だな。走る豪華ホテルかなんだか知らんが、羊頭狗肉とはこのことだ」

　と、早速、くだを巻き始めたところで、

「まあまあ、それくらいに。もうすぐ食事も終わりですしね」

　さらっとなだめる声が上がった。

　見ると、先ほど六人目としてラウンジ車に現れた好青年風の男性だ。ネームバッジには〈伍堂研司〉とある。たしか妖怪は〈油坊主〉だったろうか。

「けれど、アナログレコードなのに、曲が途切れないのが不思議ですね。最後の曲を演奏したら、また最初に戻ってる――リピート機能つきなのかな」

「は、通気取りかね。そんなのはどうでもいい。単純に、曲が不快だと言っとるんだ」

……おや？

　ふと伍堂氏の顔に既視感を覚えた青児は、ぱちりと大きく瞬きをした。

(見覚えがある、ような)

　しかし一体どこで。

なにせ、もともと交遊関係の広さが、用水路のオタマジャクシ並みの青児である。大学かアルバイトの関係者しか知り合いなどいないはずだが。

「あ」

そうだ、思い出した。アルバイト先の店長だ。そう、たしか名前は——。

「伍嶋青司さん!」

「え」

「あの、三年前、池袋の〈ジャック〉っていうカジノバーで店長やってませんでしたか? 実は俺、そこで働いたことが——」

と続けようとして、はっと気づいた。

(いや、もしかして、コレって)

思い出してはいけない類の記憶だったのではないか。

——遡ること、三年前。

学食で素うどんをすすっていたところ、突然コワモテの先輩に声をかけられ、「お前、バイト探してるんだってな」と怪しげなカジノバーに強制連行されたことがある。

おっかなびっくりホール仕事をやらされること半日。

いわゆる〈闇カジノ〉と呼ばれる店だったのか、次々来店する反社会的勢力っぽい面子に震え上がった青児は、「ちょっと腹の具合が」とトイレに駆けこみ、そのまま排水管を伝って窓から脱出するはめになった。

もしも捕まったら指づめ待ったなし、と、それから半月ほど、下宿先のアパートで震えていたのだが、結局、件(くだん)のコワモテ先輩は失踪(しっそう)同然に退学してしまったらしい。

風の噂では、東京湾に浮かんだとか沈んだとか――。

(その時、店長をやってたのが、たしか伍嶋さんで……あれ、けど、名前が違うな)

胸元のネームバッジには〈伍堂研司〉とある。

まさか偽名――と思い当たった青児は、どっと冷や汗が噴き出すのを感じた。

いや、しかし、十中八九、人違いだろう。

そもそも、偶然、下の名前が同じだったせいで、かろうじて記憶の片隅に引っかかっただけの人物なのだ。何より、こんな爽(さわ)やか笑顔の好青年が、闇カジノの雇われ店長のはずが――。

「悪いけど、人違いだと思うよ。僕は、君の顔に見覚えがないし、生まれてこの方、カジノバーってものにも縁がないしね」

「で、ですよねー」

ははは、と乾いた笑いで誤魔化そうとした、その時だった。

気づいてしまったのだ。

(――目、が)

記憶の中の店長と、目が同じだ。白い歯の覗(のぞ)いた口元は、たしかに笑っているように見える。なのに凍えるほど眼差(まなざ)しが冷たい。

余計なことを言うな――と言外に脅す目だ。蟻を踏み潰(つぶ)すように弱者をねじ伏せるのに慣れた、悪人の目。

(まさか、本当に)

ごくり、と唾を呑みこむ。視線のプレッシャーに耐えかねた青児が、トイレに逃げこみたい衝動と戦っていると——。

「あ、思い出した」

予想外の声がした。見ると、石塚氏の正面に座ったライダースーツ姿の男性だ。ネームバッジには〈加賀沼敦史〉とある。

たしか〈夜泣き石〉だったろうか。浅黒い肌と腕っぷしの強そうなガタイは、伍堂氏とはまた違った意味で危険人物に見える。深夜の繁華街で、夜な夜なオヤジとか狩ってそうなタイプだ。

「池袋の〈ジャック〉っていや、ちょうど三年前に横領騒ぎがあったところだろ。雇われ店長と学生バイトがつるんで、カジノの売上金を持ち逃げしたって。たしか店長の名前は、ご——」

ガタン、と破裂するように空気が震えた。

椅子を蹴って伍堂氏が立ち上がる。これまでの好青年ぶりから打って変わって、底冷えのする目で青児と加賀沼氏の二人をにらむと、それきり退室してしまった。

残された乗客たちは、顔を見合わせて黙りこむばかりだ。

当然と言えば当然、先ほどまでのなごやかムードは、見る影もなく霧散している。もはや空気は氷点下だ。

そんな中、「おー、こわ」とおどけるように首をすくめた加賀沼氏は、一体、何が面白いのか、場違いにニヤけた顔つきで、

「なあ、おい、そこの負け犬面」

うむ、お呼びのようだ。

……返事をしたら人として負けだが。

「えーと、何です？」

「せいぜい用心しとけよ。最悪、消されるぞ、あの猫かぶり野郎に」

「……は？」

いやいや、いくら何でもそんな。

「噂だと、未だに組の連中があの野郎を捜してるらしいからな。偽名を使ってるってことは、逃亡生活中なわけだろ。お前がタレコミする可能性を考えたら、先に始末した方が楽だろうが――まあ、俺も同じだけどな」

とうそぶくと、気の利いた冗談でも言ったように笑って、

「とっくの昔にあの野郎のせいで一人死んでるしな。ほら、横領事件の片棒かついだアホ大学生。結局、分け前も渡されないまま、あの野郎にバックレられて、一人だけ組の連中に捕まったんだとよ。で、東京湾に浮かんだとか、沈んだままとか」

「ま、まさか、それって」

ぞわっと背筋が総毛立った。

（そのアホ大学生って……例のコワモテ先輩のことじゃ）

まさか、と思いつつも、すでに胸には確信がある。

当時は意味不明だったあの強制連行も、青児を横領計画の一味に——十中八九、捨て駒として巻きこむためだったとしたら納得できる。

となると、即日バックレをかましたお陰で、危うく命拾いしたわけで、最悪、今も仲良く一緒に海の底で魚の餌だったわけか。まさかのズッ友か。

「〈油坊主〉というのは、金剛輪寺（こんごうりんじ）に伝わる七不思議の一つですね」

と、やおら青児に顔を寄せた皓少年が、囁（ささや）くように声をひそめて、

「毎朝、本堂まで油さしいっぱいの油を運ぶ修行があったんですが、そこで若い僧が悪心を起こしまして、遊ぶ金欲しさに町の商人に油を売ってしまったんですね。しかし結局、直後に急病で亡くなってしまい、町へ出ることも叶（かな）わなかったとか」

ふむ、今も昔も悪いことはできないものだ。

「以来、寺の山門に黒い影法師が出るんだそうです。じっと耳を澄ませると〈油かえそう、油かえそう、わずかなことに、わずかなことに〉と聞こえるんだそうで」

「……どうもやるせない話ですね」

自業自得——と言ってしまえばそれまでだ。

けれど、いくら遊ぶ金欲しさとは言え、天罰が下ってなお、過ちを悔い続けていると

なると、さすがに同情を禁じえない……とは言え、伍堂氏を見る限り、そんな殊勝な心持ちとは無縁そうだが。

「えーと、つまり伍堂さんの罪は〈横領〉ってことですか？」

「ええ、〈油坊主〉という妖怪の姿は、高価な油を盗んだ若僧と同じに、闇カジノの売上金を持ち逃げした罪を指してるんだと思います」

そして、未だに追っ手から身を隠したまま、この列車に乗り合わせたとすれば――。

「あの……俺、ちょっと様子を見てきます」

と言って青児は席を立った。

あたふたとラウンジ車に向かったものの、伍堂氏の姿はない。となると、すでに客室に移動したのだろうか。見取り図によると、たしか二〇一号室のはずだ。

（ただ、俺が様子を見に行ったって、結局、何にもならないんだろうけど）

それでも――居ても立っても居られない、というのが正直なところだ。

なにせ、正真正銘のヤクザ関係者なのだ。三千万円の借金で、危うく臓器の叩き売りセールを開催されかけた身としては、その恐ろしさは身に染みている。

万が一、口封じのために青児たちを――いや、最悪、乗客全員をどうにかするつもりなら、何としてでも止めなければならない。

だから、少しでも様子を探りたいと思ったのだが――。

（とは言っても、やっぱりドアは閉まってるよな）

肝心の二〇一号室を覗けない限り、様子見も何もあったものではない。

試しにすり足でドアに近づき、ドアスコープに片目を押し当ててみる。しかし、室内が明るいことの他には、何一つわからずじまいだ。

「……さすがに無理か」

しょんぼり尾っぽを垂れた犬よろしく退散しようとした、その時だ。

「え？」

足が止まった。首筋の産毛がぞわりと逆立つ。一瞬遅れて、その原因に気がついた。

（……悲鳴？）

声が、した——気がした。いや、声というよりも音だ。ドア一枚隔てた誰かの叫び声が、意味不明の音の連なりとなったように。

まさか——と厭な予感が鎌首をもたげる。とっさに頭に浮かんだ〈断末魔〉の三文字を慌てて打ち消そうとした、その直後に。

「な」

ドア下のわずかな隙間から、通路の絨毯に染み出してきたものがあった。

無色透明の——水、のように見える。内から外へと這い出したそれは、じわじわと絨毯の上に面積を広げ、やがて止まった。はっと青児が正気づいたのは、その数秒後だ。

「伍堂さん！　どうしたんですか！」

ドアを拳で連打し、レバーを揺すっても反応はない。単なる居留守なら問題ないのだが――ただ、この静けさは不穏すぎる。

「おや、何かありましたか？」

振り向くと、皓少年がいた。どうやら様子を見に来てくれたらしい。

「そ、それが、中から叫び声みたいなのが聞こえて――」

しどろもどろに説明すると、ふむふむと相槌が返ってきて、

「とりあえず、内線電話をかけてみましょうか。呼び出し音を鳴らし続ければ、何か反応があるかもしれません」

と、そこで。

「いや、なかったよ」

出し抜けに背後から聞こえた声に、青児は軽く飛び上がった。

なんと鳥栖青年が立っている。相変わらずの無表情だが、さすがにイヤホンは外したようだ。

「い、いつからそこに！」

「君が説明し始めたあたりから。最後まで聞く必要もなさそうだったから、途中で客室に戻って電話をかけてきた」

なるほど、たしか鳥栖青年の部屋は、隣の二〇二号室だ。

「い、意外とよくしゃべるんですね」

「……今それ重要？」

呆れたような薄目で言われてしまった。ごもっともである。

と、コン、と目の前のドアを軽く叩いて、

「防音仕様になってる。さすが寝台車だけあって、防音性の高さがウリみたいだ。よほどの大声でないと中に聞こえないだろうね」

「……てことは、さっき聞こえた叫び声は、よほどの大声ってことに」

ぞっと背筋が薄ら寒くなった。恐怖の叫び声か、助けを求める悲鳴か。それこそ、よほどのことが室内で起こったに違いない。

「け、けど、どうやって鍵を開ければ――」

と、やきもきと青児が呟いたところで、

「おや、皆さんお揃いですか」

「をわあ！」

篁さんだった。もはや毎度お馴染みの、気配と足音を消した隠密仕様だ。

と、再びしどろもどろになりつつも、青児が状況を説明すると、

「わかりました。マスターキーを使用しましょう」

と言った篁さんが、懐からカードキーを取り出した。流れるような動きでセンサーにかざし、カチン、と音をたてて解錠する――が。

「あれ？」

ドアを開こうとした途端、ガチ、と途中で止まってしまった。見ると、十センチほど

開いた隙間からドアガードが覗いている。

「……となると、やはり在室のようですね」

すっと目を細めて言った皓少年に、青児はぞわっと肌が粟立つのを覚えた。

しかしドアガードに阻止されてしまっては、室内に踏みこみようがない。せめて隙間から中をうかがえないものかと、青児がエグザイルな動きで四苦八苦していると、

「おーい、どいてろ」

突然、背後から声がかかった。

この声は――と青児が振り向くより先に、ドアガードに踵落としが叩きこまれた。

加賀沼氏だ。

バキ、とアームの折れる音がして、衝撃で開いたドアの奥から、室内の光景が露わになる。すわ、死体が、と思わず目をつぶってしまったものの、

「……誰もいませんね」

思わぬ呟きに「え」と顔を上げて瞬きをした。

――無人だった。

てっきり〈見たくないもの〉が待ちかまえていると思いきや、室内には部屋主の姿もなく、しんと静まり返っている。

室内の間取りや調度品は、青児たちの三〇二号室とそっくり同じだ。一見、これといって異常はないように見えるのだが――。

「えーと、何なんですかね、これは」

なぜかドア周りの寄木細工のスペースに水溜まりがあった。

通路まで溢れ出していた水は、これが原因だろう。きらきらと天井灯を反射させる水面は、その奥の絨毯敷きのスペースにまで領土を広げている。

（……あれ？）

一瞬、何かが記憶に引っかかるのを感じた。

既視感、だろうか。けれど、それが何かわかるよりも先に――。

「何だこりゃ、嫌がらせかよ」

バシャバシャと盛大に水溜まりを蹴散らして、加賀沼氏が室内に踏みこんでいった。

現場保存の四文字は、はなから頭にないらしい。いや、今のところ事件性があるかどうかも怪しいのだが。

「……雨漏り、じゃないですよね」

「ええ、そうですね。とは言え、浴室やトイレの水漏れも考えにくいですし」

皓少年にもお手上げのようだ。となると、部屋主に訊くより他ないわけだが――。

「やっぱり、どこにもいませんね」

いつの間にか姿を消した篁さんと鳥栖青年の二人を除き、加賀沼氏と三人で虱潰しに調べたものの、結局、手がかりは何一つ摑めなかった。

「一体、どこに消えたんでしょうか」

「さて、加賀沼さんの話からすると、タレコミを恐れて途中下車したとも考えられますが、窓は一枚ガラスのはめ殺しですから、ここから脱出した可能性は低いでしょうね」

「……隠し部屋があったりなんかは？」

「ないと思いますよ。列車に隠し部屋となると、それこそ企業ぐるみの陰謀ですし」

コソコソ耳打ちしあっていると、クローゼットのハンガーからジャケットを外した加賀沼氏が、ポケットを漁（あさ）っているのが見えた。中にルームキーしかないのを見ると、

「ち、しけてんな」と毒づいて床に放る。うむ、普通に置き引き未遂だ。

しかし、鍵を置いていったのなら、やはり外に出たわけではないのだろうか。

「ちょっといいかな」

声をかけられて振り向くと、戸口に鳥栖青年と篁さんが立っていた。いつの間に合流したのか、乃村さんと鵜ノ木さんの姿もある。

ついでに、気の毒なジャケットは鵜ノ木さんの手で拾い上げられ、クローゼットのハンガーに戻された。一日一善とはこうありたいものだ。

と、まずは鳥栖青年が口火を切って、

「まだ食堂車にいた二人に声をかけて、車内を一通り回ってきたんだ。人の隠れられそうな場所はないか、手分けして捜してみたんだけど――」

結果、どこにも伍堂さんの姿はなかったそうだ。

「おや、展望車はどうでした？」

「先頭の機関車と同じだった。暗証番号式のロックがかかってて、客車との出入りが制限されてる。いつもは開放されてるようだけど、今夜は霧のせいで閉鎖中だそうだ」

いや、違う――おそらく中に荊がいるからだ。けれど、現に施錠されているということは、出入り不可という篁さんの話は、どうやら本当らしい。

と、鵜ノ木さんが、どこか不安げに口を開いて、

「あの、それで、他の誰かの客室にいるんじゃないかって話になったんです」

闇カジノや東京湾といった裏社会ワードがきいたのか、どうも伍堂氏の姿が見えないことが不安なようだ。近くの動物園でワニが逃げたと聞いた通行人は、きっとこんな顔をするのだろう。

「えーと、てことは、客室の中を見せればいいんですかね？」

「はい、できれば全員分、順ぐりに」

機関車を除いた二号車から順に、客室の中を確認していく。なにせ部屋数が少ないので、一部屋につき、ほんの二、三分もかからなかった。最後が、再びラウンジ車で呑んだくれていた石塚氏で、ぐだぐだと嫌味を賜りつつも、スーツのポケットから鍵を出して開けてもらった。

が、結局、車内のどこからも、伍堂氏の姿は見つからなかったのだ。

「しかし、誰にも予想のつかない場所――と言っても、列車内では限られます。そもそも大人一人が隠れられる空間自体、そう多くないはずなんですが」

珍しく眉間に皺を寄せて、皓少年が腕組みした。

場所はライブラリーだ。途方に暮れた面々が顔を見合わせていると、

「この窓なら開閉可能じゃないかな。サイズ的にも大人一人なら通り抜けられるし」

とクランク式の換気窓を指して鳥栖青年が言った。

が、すかさず否定したのは篁さんだ。

「列車内の窓や乗降口の開閉状況は、すべてデータとして記録されています。さらに言えば、ライブラリーの窓が開いた時点で、私のもとに警告メッセージが届く仕組みです。念のためデータを確認しましたが、発車から今まで一度も開いておりません」

となると、密室化した列車の中から、忽然と乗客一人が消えてしまったことになる。

（いやいや、そんな馬鹿な！）

そもそも人が消えること自体、まずありえない。そして、ありえないことが起こっているなら、少なくとも、何らかの異常が発生しているのだ。

逃亡による失踪か、予期せぬ事故か、もしくは――。

「まさか殺されたってことないですよね？」

「さて、今のところ、あくまで消失事件ではありますが、もしも殺人なら――」

と言いかけて皓少年は黙ってしまう。途切れた言葉の先が、青児にはわかる気がした。

犯人がいるのだ――それも、この中に。

＊

篁さんの勧めで、いったんラウンジ車で一息つくことになった。

お疲れでしょうから——と、めいめいコーヒーや紅茶といった温かい飲み物と一緒に、林檎（りんご）のクランブルやマカロンといった焼き菓子をふるまわれる。

が、ほんのり温まった胃袋はすっかりくつろぎモードなものの、室内の空気はそこはかとなく不穏なままだった。それはそうだろう、〈乗客が一人消えました〉と言われて〈はい、そうですか〉でスルーできるはずもない。

と、にわかに振り子時計の音が鳴って、青児はぎょっと飛び上がった。見ると、文字盤の針が九時を指している。どうやら乗車してからすでに三時間が経過したらしい。

時間の流れは、速いのか遅いのか——少なくとも、夜明けが遠いのだけは確かだ。

と、不意に。

いつの間にか退室していたらしい篁さんが、二段のカートを押して戻ってきた。上段に置かれた物を目にした鵜ノ木さんから、早速、はしゃいだ歓声が上がる。

「わ、蓄音機ですか！　現役で動いてるのって初めて見ました」

ラッパ型の拡声器がついた蓄音機だ。先ほど食堂車にあったレコードプレイヤーが最新式だったのに対し、こちらは骨董（こっとう）品のように見える。

と、例によって石塚氏が鼻を鳴らして、

「ふん、奥のピアノは飾りものかね」

「今夜は演奏家が乗り合わせておりませんので、別の趣向をご用意させて頂きました」

そう言った篁さんの手には、一枚のSPレコードがあった。流れるような仕草でターンテーブルにのせ、盤面に針を下ろすと、

「お耳汚しではありますが、しばしのご静聴をお願いいたします」

と言って、乗客一同の顔を見渡して一礼した。

その直後に。

――声が、した。

そう、声だ。声としか言いようがない。

奇妙なほどに甲高い、ボイスチェンジャーを通したような声で。

それは、罪の告発――いや、処刑の宣告だった。

「淑女並びに紳士の皆さん、御静粛に願います。皆さんは、地獄の罰を負うべき者として、次の罪状によって告発されています。

一人目は、邪な心から大金を我が物とした罪。

二人目は、妊婦を殺し、生まれる子から母を奪った罪。

三人目は、嵐の夜、妻を溺れ死にさせた罪。

四人目は、妬んだ者を死に至らしめた罪。

五人目は、告げ口によって人死を招いた罪。

六人目は、兄の人生を奪った罪。

七人目は、友の亡骸を朽ちるままに捨て置いた罪。

残念ながら、皆さんに申し開きの余地はありません。ただし犯した罪を告白し、償うと誓えば、この列車から解放することを約束しましょう。では、今夜これから、皆さんの中にひそんだ執行人が処刑を開始します。しばしの猶予を有意義にお使いください」

声が——止んだ。

しん、と張りつめた沈黙は、時計の針すら止まったかのようだ。

と、パシャ、と水音。見ると、乃村さんの手から滑り落ちたティーカップが、絨毯に転がって血を吐いている。いや、違う。紅茶の赤が、一瞬、鮮血に見えただけだ。

「え、今のって……何だったんですか？」

不意に上ずった声がした。鵜ノ木さんだ。

それを皮切りにして、乗客たちの間にざわめきが広がる。青児もまた動揺と混乱の渦中にいた。体温が下がって息が震える。濡れた手で心臓を握りしめられたかのように。

脳裏では、先ほどの声が同じフレーズをくり返していた。

〈七人目は、友の亡骸を朽ちるままに捨て置いた罪〉

あれは——青児のものだ。

かつて〈以津真天〉という妖怪の姿をしていた青児自身の罪。皓少年に罪を告白し、償いとして地獄代行業の助手になることで、鏡に映った青児自身の姿は、妖怪から人間に戻ったはずなのに。

いや、違う——結局、自分に都合のいいように錯覚していただけなのだ。

いくら地獄の罰をまぬがれたところで、一度犯した罪はなかったことには決してできないのに。

——と。

静粛に、と言うように篁さんが手を叩いた。

途端、一瞬前までのざわめきが嘘のように、さっと室内に沈黙が落ちる。そして——。

「これより、この列車が終着駅に着くまでの間、ささやかなゲームを執り行います。夜明けを迎えるまでのおよそ九時間、告白か沈黙か、皆さんで選んでください」

そう告げた篁さんの手には、カート下段に積まれていたらしい封筒の山があった。サイズは一律だが厚さはまちまちで、中には物販カタログ並みに分厚いものもある。表も裏も、まっさらな無地。昨日受け取った招待状と同じに、紺青の封蠟が捺されている。

「な……んだ、何なんだ、これは！」

「い、言いがかりです！　こんな、こんなのって」

受け取って封を破った乗客の口から、次々悲鳴と怒号がもれた。

続いて青児も、おっかなびっくり封を破る。中から現れたのは数枚の写真だ。見覚えのある一軒家からまろび出ようとする青児の姿が写っている。

もはや撮影日時を確認するまでもない。猪子石の遺体を発見した青児が、現場の浴室をそのままにして脱兎のごとく逃げ出した、その瞬間を撮影したものだ。

「なるほど、浄玻璃の鏡で過去をさかのぼって、防犯カメラの映像よろしく写真に焼いたわけですか。分厚い封筒を受け取った人は、さらに詳細な調査資料つきのようですね。何にせよ、とんだ悪趣味です」

と、そんな皓少年の声を遮るように、再び篁さんが口を開いて、

「もしも告白を選択した場合、それを録音した音声データと共に、今お手元にある封筒を事件関係者にお送りします。つまり警察と被害者遺族ですね。同時に、この列車内における刑の執行は免除され、終着駅に着いた時点で、その身柄は解放されます」

つまり、と戦慄と共に青児は唾を呑みこんだ。お前の罪を暴露するぞ、と脅しているのと同じだ。

もしも犯した罪が重かった場合、警察による逮捕や社会的制裁をまぬがれないことになる。そして、それは――今まで罰を逃れてきた罪人たちにとって、生き地獄に他ならないだろう。

「もしも沈黙を選んだ場合には、今夜この列車の中で、執行人による裁きを受けることになります。ただし、夜明けまで執行人の手から逃れ続けることができた場合には、終着駅に到着した時点で、身柄を解放されます。その場合、事件関係者の手に封筒が渡ることはありません」

地獄の裁き——と聞いた瞬間、三半規管を殴られたように視界が揺れた。船酔いにも似た吐き気と眩暈。そして青児は、ようやく自分が酸欠を起こしているのに気づいた。見えない誰かの手で、首に絞首縄をかけられているかのように。

「なるほど、〈いつもの地獄堕としと同じ〉という篁さんの言葉が、ようやく呑みこめました」

声をひそめて皓少年が囁いた。その声は、今やはっきりと怒気をはらんでいる。

「真実を暴いて罪の告白をうながし、償いを受け入れた場合にのみ、刑の執行を免除する——これまで僕のやって来た〈地獄堕とし〉そのものですね。言わば、この列車そのものが、生きたまま罪人を地獄へと送る火車なわけです」

しかし、と皓少年は言葉を続けて、

「彼らのやろうとしていることは、罪人たちを無闇にいたぶることに他なりません。それも、生還と免罪という二つの餌を蜘蛛の糸のように吊り下げて」

と、遮るように怒声が上がった。

「ふ、ふざけるなよ！　こんな根も葉もないデタラメ、怪文書と何も変わらん。参加型推理ゲームだかなんだか知らんが、これがイベントのつもりなら覚悟しておけ！　訴えてやる！」

石塚氏だ。顔色をどす黒く変え、犬が吠えるように唾を飛ばすと、椅子を蹴って立ち上がる。

「くそ、これ以上つきあえるか！　いくら圏外でも、機関室には連絡手段があるはずだろう。そうでなくても、車両のどこかに非常ブレーキがあるはずだ。今すぐ緊急停車させて――」

　が、その背中がラウンジ車の外に消えるよりも早く――。

「言いそびれましたが、誰か一人でも途中下車した場合、その時点で、皆さん全員分の封筒が事件関係者の手に渡ります。たとえば石塚様の場合、アナタに疑いの目を向けていた警察官の方にも……そう、たしか久保正行様ですね」

「……何だって？」

　さっと空気が変わったのを感じた。

　それきり立ち尽くした石塚氏は、蛞蝓のように青黒く唇を変色させ、声もなく戦慄いている。その姿を見つめる他の乗客たちの顔にも、よく似た表情が浮かんでいた。

　警戒と――保身だ。

　その瞬間に青児は悟った。今目の前にいるこの人たちは、今後、誰も途中下車しないよう、互いを監視するはめになるのだろう、と。

　沈黙の後、喘ぐように石塚氏が口を開いて、

「な、何なんだ、お前ら。い、一体、何が目的で、こんな」

　返答には間があった。

　一度、瞼を閉じた篁さんは、やがて夜闇のように深く静かなその目を開くと、

「罪の報いを受けさせるため——と、この列車に皆さんを招待した方なら、そう答えるのではないかと思います。ただ、これ以上は、私の口から語るべき言葉ではありません」

静かな声でそう告げた。おそらく展望車にいる荊を指しているのだろう。

「とんだサイコ野郎だな」

そう鼻白んだ顔で吐き捨てた加賀沼氏は、うんざりしたように頭をかいて、

「なあ、さっき蓄音機が、執行人は俺たちの中にひそんでるとか言ってなかったか？」

「はい、そうです。皆さんの中に」

「で、ソイツをとっ捕まえて処刑を止めれば、俺たちは無事に帰れるわけだな？」

「ええ、その通りです」

「じゃ、簡単だな。まずはアンタをぶん殴って縛り上げればいいわけだ。それから執行人ってヤツが誰か聞き出せばいいわけだろ」

なるほど、確かに。原始的だが、だからこそ絶大な説得力がある——が。

「残念ながらそれは叶いません。実はこの列車には一風変わった仕掛けがありまして、立会人の私が、皆さんに危害を加えるか、加えられるかした場合、爆発炎上するようになっています。あくまで私の立場は、不干渉の見届け人とお考えください」

そんな馬鹿な——と否定しようとして、できなかった。

脳裏に炎を噴き上げた山門の姿が思い浮かぶ。もしも、あの奥飛騨の山中で、廃寺の周りに張られていた結界が、この列車のものと同じだとしたら——爆発炎上も、大いに

ありえる。

と、乗客一同が絶句する中で、

「じゃあ、さっき客室から消えた伍堂さんも、執行人に殺されたのかな?」

そう質問したのは鳥栖青年だった。動転しきりの乗客たちの中、不動の無表情だ。

「申し訳ありませんが、私の口からはお答えできません」

はて、なぜ。

「不慮の事故のようなもの——とお考えください。ただ一つ言えるのは、今夜のゲームの一環として処刑されたわけではない、ということです」

「それなら、生きてるか死んでるか、どっち?」

「……お答えできません」

なんだそれは、と思ったのは青児だけではないようだ。質問者である鳥栖青年もまた、心なしか苛立たしげな口ぶりで、

「不慮の事故——で、どうして密室から人が消えるのかわからないな。客室に何か仕掛けがあったのかな? それとも他にマスターキーを持った誰かがいる?」

「いえ、マスターキーは私が所持している一枚きりです。また、伍堂様のお部屋も含め、皆さんの客室には何の仕掛けもございません。安心しておくつろぎください」

白々しい、と思ったのは青児だけではないようで、「うわあ、殴りてえ」と加賀沼氏もぼやいている……うっかり爆発炎上オチだけは勘弁して欲しいが。

と、さらに鳥栖青年が質問を続けて、

「宣告された罪状は七つ。今ここにいる乗客は七人。同数ってことは、伍堂さんの罪状は含まれていないと考えていいのかな？」

「いえ、七つの罪状には、伍堂様の分も含まれます。本来は、あの方にもレコードをお聞きいただく予定でしたので」

ふむ、不慮の事故――というのは、あながち嘘でもないのだろうか。

「……となると、数が合わないな」

と言って、鳥栖青年は無表情のまま首をひねった。

「七つの罪状に対して、伍堂さんを含めると、乗客の数は八人。一人だけ、何の罪も犯していない乗客がまぎれこんでることになる。その人物が執行人ってことなのかな？」

「いえ、違います――探偵です」

……探偵？

「今夜、この列車に探偵を一人招待しました。一人だけ、空の封筒を受け取った方がいらっしゃるかと思いますが、その方になります」

と、短い電子音が鳴った。

驚き顔の皓少年が信玄袋からスマホを取り出すと、圏外にもかかわらず一通のメールが届いている。

〈終着駅に着いた時点で、処刑対象である罪人が二人以上生存していれば、探偵役である皓様の勝利となります。しかし、もしも生存者が一人、あるいはそれ以下だった場合には敗北となりますので、あしからずご了承ください〉

……なるほど。

つまりこれが、篁さんの言っていた魔王の座をかけた果し合いか。となると、探偵は、当然、皓少年となるわけで――。

「ああ、なるほど。それじゃあ、俺が探偵なわけだ」

「……は？」

聞き間違いだと思った。

なぜなら、声の主が皓少年ではなかったからだ。乗客たちの視線を追うと、その先に鳥栖青年がいた。その手に空っぽの封筒を握りしめて。

……待った。

ちょっと待った、この展開はまさか。

「た、探偵が二人ってことですか？」

茫然と訊ねた青児に、皓少年もまた意表を突かれたように瞬きをして、

「いえ、おそらく鳥栖さんのなりすましですね。空の封筒は、中身をどこかに隠したんだと思います。ちょうどよくオーバーサイズのパーカーを着てますし、ズボンのベルトにでも挟んでおけばいいんじゃないかと」

「いやいや、悠長に言ってる場合ですか！　それなら、早くこっちが本物だって――」

と、思わず青児が小声でどやしつけた、その直後に。

「改めて自己紹介するなら、こっちの名前の方がいいかな」

鳥栖青年が手にしたものを見た瞬間、青児はあんぐりと口を開けて固まってしまった。

それは一枚の名刺だった。もはやお馴染みとしか言いようのない見た目の。黒地の紙に気取った金文字の並びで——凜堂探偵事務所。

「鳥栖二三彦っていうのは本名で、凜堂棘って通り名で、都内で探偵事務所を経営してる。これでも腕利きで通ってるから、知ってる人もいるんじゃないかな」

と、ゴン、と鈍い音がした。

見ると、ソファの上で体を二つに折った皓少年が、小刻みに肩を震わせている。どうやら吹き出し笑いを誤魔化そうとした拍子に、思いきりテーブルに頭をぶつけたようだ。

この状況を一体どうしろと！

「……す、すみません、津々浦々にあの人の偽物がわいてるかと思うと、どうも無性に」

「笑いのツボそこなんですか！」

さすがに声を荒らげた青児に、皓少年はコホンと誤魔化すように咳払いして、

「しかし、あちらが偽物だと証明するとなると、いささか厄介なことになりますね。本来の探偵役は誰か、篁さんが口添えしてくれれば簡単なんですが……そもそもグルかもしれませんしね」

視線の先では、我関せずといった佇まいの篁さんが、涼しげに微笑んでいる。

「たとえば、ここで僕が〈本物の探偵〉として名乗りを上げたとします。すると他の乗客から見て、僕と鳥栖さん、どちらかが嘘つきということになるんですね。となると〈探偵ではない〉と判断された時点で、すなわち〈執行人である〉ということになります」

なんと。では、鳥栖青年が支持されてしまった場合、皓少年は一気に窮地に立たされてしまうわけか。

そして、先に〈凜堂探偵事務所〉の名刺を出されてしまった以上、現時点でのアドバンテージは圧倒的に向こうが上なのは間違いない。

「じゃあ、やっぱり鳥栖さんが執行人ってことですか？」

「ええ、その可能性が最も高いとは思います。ただ、別の可能性として――」

と、そこで。

場を鎮めるため、再び篁さんが手を叩いた。

「それでは一通り説明が終わりましたので、私はそろそろ退室いたします。その前に、皆さんに質問させてください。告白か、沈黙か――今、この場で罪を告白される方はいらっしゃいますか？」

応える声はなかった。

返ってきたのは、しん、と水を打ったような沈黙だ。

馬鹿が、と小声で毒づいたのは、石塚氏か、それとも加賀沼氏か。顔を伏せて唇を噛んだ乃村さんは、目の前の現実そのものを拒絶している様子だ。

唯一、表情に迷いがあるのは鵜ノ木さんだが、その視線は探偵である鳥栖青年に向けられている。期待、があるのだ。告白というリスクを負わなくても、どうにかなるかもしれない、と。

ああ、これでは——きっと誰一人いない。

「では、私は七〇二号室で待機しておりますので、罪の告白をされる方は、内線電話でお呼びください。終着駅に着くまでの間、いつでもお待ちしております」

言うが早いか、見惚れるような身ごなしで篁さんは一礼した。このままでは、この不条理なゲームが強制的に始まってしまう。

——止められる方法が一つだけあるのに。

「あの、待ってください！」

叫んだ途端、視線が一気に集中して、反射的に身がすくんでしまう。やっぱりナシで、と誤魔化して、今すぐトイレに駆けこみたい。

（けれど——）

もしも青児にはできて、皓少年にはできないことが存在するとすれば、それは——青児もまた罪人の一人だということだ。

「す、すみません。罪の告白をしますので、聞いてください」

そう切り出した途端、まるで不整脈でも起こしたように心臓が痛くなった。口の中がからからに渇いて、伏せた視線の先には震える自分の両手がある。

思えば、青児にとって罪の告白はこれで二度目だ。

(けれど、ここはあの屋敷じゃないし、相手も皓さんじゃない)

あの時、青児にとって皓少年は、地獄の裁きを下す鬼そのものだった。けれど今、人と鬼、どちらが恐ろしいかと訊かれれば——。

「……しょぼいな」

どうにか告白を終えると、まず飛びこんできたのがその一言だった。加賀沼氏だ。

「何しに来たんだお前ってくらいしょぼいな。まあ、よかったな、イチ抜けできて」

もう帰っていいよ、と言わんばかりの雑な言い草だ。

と、青児は空気を求めて息を吸って吐くと、意を決したように顔を上げて、

「すみません、できたら俺だけじゃなくて、他の人にも告白してもらえたらと——」

「あ?」

……い、いかん。酔っ払いに喧嘩を売られたヤクザの反応だ。

「お前さ、本当は大して悪いことしたって思ってないだろ?」

「え」

「でなけりゃ、お前みたいな逃げ腰のヤツが、罪の告白なんてできねえだろ。もしも警察に捕まるような悪さだったら、お前はきっと逃げてるよ。今だって執行人ってヤツから真っ先に逃げ出してんだからさ。なのに俺たちにも同じことしろって? 善人面するのに他人を巻きこんでんじゃねえよ、この卑怯者」

言葉に横っ面を殴られた気がした。

心臓が痛い。それこそ見えない何かで滅多刺しにされるように。結局のところ、それは図星を指されているからなのだろう。

（――逃げたい）

顔をうつむけて、背中を向けて――今までそうやってやり過ごしてきたのだから。

けれど、と呟く。

途端、そっと誰かの手が背中に触れた。見なくてもわかる――皓少年だ。

黙ったまま、ぽんぽん、と青児の背中を叩いた。止めることも、庇うこともせず、いつもと同じように、ただ一度だけ。

――それだけで十分だった。

「俺、の」

声が、震えた。けれど青児は、裏返りそうになるのを必死に抑えながら、

「俺の罪は、自殺した友だちの死体を放っておいたことじゃありません。その全部をなかったことにしたからなんです」

――そう。

たった一人の友人である猪子石に裏切られたことも。

ある日突然、借金の山を押しつけられて、闇金に追われるはめになったことも。

自殺するほど追いつめられていた友人に、最後の最後まで無神経な言葉をかけて、そ

のまま死なれてしまったことも。

そのすべてをなかったことにして逃げ出したのだ。

(罪悪感は……あったけれど)

実感に乏しいのをいいことに、頭の隅に追いやり続けてきた。酷い目にあわせたのは向こうが先だと、そんな理屈で正当化して。

そう、だから青児の罪は〈以津真天〉という妖怪の姿をしていたのだろう——いつまでそうやって逃げ続けるのか、と。

いつまで、いつまで、と鳴き続けるその声に、うるさい黙れ、と怒鳴り返すことすらせずに、耳を塞いで聞こえないふりをし続けてきた。

そうして彷徨ってきた地獄の暗闇で、西條皓という裁きの鬼と出会ったのだ。

「それでわかったのは、結局、逃げきれないってことなんです。そうして逃げ続けてる限り、自分自身を見捨ててるのと同じで……生きているフリして、ただ死んでないってだけだったんですね。けれど、それじゃダメだって言ってくれる人がいたので、だから」

もはや何を言っているのか青児自身よくわからない。

けれど、嘘だけは吐かないよう、一つ一つ探るように言葉にして、

「……逃げるか生きるか、どっちかなんだとしたら、生きる方を選べるようになりたいんです」

と言ったところで喉がつまってしまった。

げほごほ、と咳きこんで、なかなか止まらずに焦っていると、

「で、だから俺たちにも、逃げずに罪を告白しろって？」

そう代弁してくれたのは、なんと加賀沼氏だった。

「はい。けど、あの、たぶん言いたいのはそこじゃなくて……罪を告白することで無事に帰れるなら、まずは生きることを選んでください。死なずにすむなら、死なないでください」

お願いします、と言って青児は深々と頭を下げた。

しん、と、それきり沈黙が落ちる。そっと顔を上げると、こちらを向いた乗客たちと目が合いかけて——次の瞬間、全員が一斉に視線をそらしてしまった。

同時に、わかってしまった。

たとえばそれは、犬の死体に気づいた通行人が、目を伏せて通り過ぎる時の表情だったから。見て見ぬフリをしてやり過ごそう、と決めた時の人間の顔だ。

そして。

「それでは、これで。どうぞ皆さん、残された夜をお楽しみください」

最後にそんな言葉を残して、篁さんは退室してしまった。

死を賭けたゲームが始まったのだ。

＊

結局、逃げるはめになってしまった。

場所は、先ほどと同じライブラリー手前の共用トイレだ。具体的には、篁さんが退室するや否や、蜂の巣をつついたような騒ぎになった乗客たちを尻目(しりめ)に、「ちょっとトイレに」と断っての、マーライオン化再びである。

「だああ、もうっ」

八つ当たりに洗面台を殴ると、手の平に鈍い痛みが走った。見ると、紫色に変色した爪痕(つめあと)が四つ。強く拳(こぶし)を握りすぎて、内出血を起こしてしまったらしい。

と、「おやおや」と背後から声が聞こえて、

「さっきは、よく頑張りましたね」

よしよし、と頭を撫(な)でられた青児は、つんと鼻の奥に痛みを感じた。

(なにせ皓さんだから)

内心、青児が逃げ出したいと思ったことも、すべてお見通しなのだろう。なのに止めることも、庇うこともせず、ただ黙って背中を押してくれた。

それは――信じてくれた、ということなのだろう。

「……けど、すみません。正直、ほとんど意味なかったですよね」

「いえ、そうとも限らないと思いますよ……少なくとも、僕はそうは思いません」

わしゃわしゃわしゃ、と頭を撫でる手が止まらないので、そのまま床に座りこむはめになった。野郎二人でトイレトークも物哀しいが、他の乗客の目が気になる以上いたしかたない。

「……しかし、どうも腑に落ちませんね」

出し抜けに言った皓少年が、腕組みしつつ首を傾げて、

「もしも探偵役の勝利条件が篁さんの説明通りなら、〈処刑対象である罪人〉が二人以上生き残れば、僕らの勝ちになります。つまり、すでに罪を告白した青児さんと——最低、もう一人生存者を確保すればいいわけです。方法としては、誰かに罪を告白してもらうか、執行人の正体を暴いて犯行を阻止するか……しかし、このルール自体、荊さんらしくないように思います」

はて、どうして。

「探偵側に有利すぎるんですよ。もしも今夜これから乗客が殺されていくのなら、犯人候補もそのつど減っていくことになります。つまり殺せば殺すほど、犯人側のリスクが増していくんですね。閉鎖空間（クローズドサークル）で殺人事件を起こす以上、当然のデメリットではあるんですが……なにせあの荊さんですから、何か裏があるのかもしれません」

なるほど、たしかに。らしくないと言ってしまえば、その通りなのだが——。

「けど、今回の相手は、荊さんでなしに代理人ですよね？」

「ええ、ですから考えすぎかもしれません。正直、まだ何とも言えませんね」

となると気になるのは——その代理人が一体誰かということだ。

「鳥栖さん……の可能性が一番高いんでしょうか？」

「最有力容疑者なのは間違いないと思いますが……少し情報を整理してみましょうか」

言うが早いか、信玄袋から万年筆と黒革の手帳を取り出した皓少年は、流れるように筆を滑らせて、

伍堂研司——油坊主
鳥栖二三彦——狐者異
乃村汐里——枕返し
石塚文武——小豆洗い
鵜ノ木真生——しょうけら
加賀沼敦史——夜泣き石

どうやら客室番号順に妖怪の名前を一覧化したらしい。そして次のページに、

一人目——邪な心から大金を我が物とした罪——伍堂研司？
二人目——妊婦を殺し、生まれる子から母を奪った罪

三人目──嵐の夜、妻を溺(おぼ)れ死にさせた罪
四人目──妬(ねた)んだ者を死に至らしめた罪
五人目──告げ口によって人死(ひとじに)を招いた罪
六人目──兄の人生を奪った罪
七人目──友の亡骸(なきがら)を朽ちるままに捨て置いた罪

「おお、さすが全部覚えてるんですか！」

「ふふふ、なにせ僕ですし」

「えーと、伍堂さんの罪は〈横領〉だから〈一人目〉で確定として……他の人はどうなんですかね？」

「そうですね、やはり一番わかりやすいのは〈夜泣き石〉でしょうか」

と言った皓少年は、再び手帳に筆を走らせて、
妊婦を殺し、生まれる子から母を奪った罪──夜泣き石──加賀沼敦史？

……なるほど、加賀沼氏か。

「〈夜泣き石〉は、静岡県の小夜(さよ)の中山(なかやま)にある石の伝承ですね。もともとは峠越えする際、旅の無事を祈るためのものだったんですが、いつしか夜に泣き声を上げるようにな

ったそうで」

いわく――。

昔、小石姫という身重の女性が、峠で賊に襲われたらしい。切られた腹から飛び出した赤ん坊は、母の死と引き換えに一命をとりとめ、石の上で夜泣きするのを見かねた和尚に育てられた。そうして評判の刀研師へと成長して後は、母を殺した賊を討ち、見事に仇を討ったそうだ。

めでたしめでたし……なのだろうか？

「けど、伝承の方はそんな感じでも、加賀沼さん自身は、まだ警察に捕まってないんですよね？」

「だと思います。照魔鏡は〈現世での罰をまぬがれた罪〉を妖怪の姿として映し出すわけですから、まだ事件化していないか、あるいは迷宮入りしているかもしれません」

もしも加賀沼氏の罪が〈妊婦殺し〉なのだとすれば、処刑人に命を狙われている今の状況は――。

（因果応報――なんだろうか）

と、ぽつりと青児が独りごちたところで、

「おい、邪魔するぞ」

「ヒィィッ！」

現れたのは、なんと当の加賀沼氏だった。思わず悲鳴を上げた青児が、蛇に狙われた

ヤモリよろしく洗面台に張りついていると、

「なあ、ソイツの具合が悪いって、まさか頭の方か？」

「いえいえ、青児さんですから、お気になさらず。それより何かご用ですか？」

素早く懐に手帳を隠した皓少年が、にっこり笑って訊ね返した。それに胡散臭げな目を向けた加賀沼氏は、ジャケットのポケットに手を入れて、

「そこの貧相面に一つ頼みたいんだが」

嫌です。

……と言いたいのは山々だが、ここは赤べコモーション一択だろう。

「列車から降りたら、切手貼って出しといてくれ」

差し出されたのは一通の封筒だった。列車のエンブレムが箔押しされているのを見ると、どうやらライブラリーから拝借してきたものらしい。

宛先には、東京都から始まる賃貸アパートの住所があって、差出人は空白のままだ。

「えーと、この中身って」

まさか白い粉とか果し状じゃありませんよね、という言葉を呑みこむ。と、青児の表情から察したらしい加賀沼氏が、ニヤリと唇を歪めて、

「気になるんなら見てもいいぜ。糊がなかったから封してねえしな。ただ、もしも中身に傷つけたらお前の頭でスイカ割りな」

……もうやだこの蛮族。

半ベソをかいた青児が、おっかなびっくり封を開けると、中に四つ折りのチラシがあった。創作料理メインの洋風居酒屋らしく〈オープン記念〉や〈ワイン一杯サービス〉の文字が躍っている。

さて、一見、ぎょっとするほどボロボロなのはさておき――。

「……これって何なんですか？」

「手紙。弟宛て」

……うむ、どう贔屓目(ひいきめ)に見ても呼びこみチラシだ。

が、たしかに宛名(あてな)は〈加賀沼等史(ひとし)〉となっている。弟なのは本当なのだろうか。

「ええと、じゃあ、どうして俺に？」

「イチ抜けしてんだから、お前は生き残る可能性が高いだろ。代わりに頼むな」

さらっと告げられた言葉を理解するのに時間がかかった。

それじゃ、とあっさり立ち去ろうとした加賀沼氏をとっさに呼び止めて、

「ちょ、ちょっと待ってください。死ぬかもしれないってわかってるなら」

告白した方が、と続けようとした青児に、加賀沼氏は気だるげに振り向くと、

「そもそも俺は腹が立ってんだよ、執行人ってヤツに」

言いつつ、折り畳み式のサバイバルナイフを取り出して、パチン、と開いた。凶暴なセレーションのついた刃が、場違いな冗談のように光っている。

「そもそも誰なんだよ、その執行人ってのは。俺が殺したヤツの、夫か子供か親か友だ

ちか？　違うな。もしもそうなら、終点まで生き残ったら解放するって、そんなふざけたルール作るはずないからな」

その通りだ。加害者と被害者、あるいは殺人犯と復讐者。この列車に存在するのは、そのどちらでもない。

地獄堕ちの罪人と——それをゲームの駒に仕立てた鬼と、その執行人だ。

「しかも、罪を告白して償うなら生きて帰すって？　そんなこと言ってる時点で、ソイツはただの正義漢ぶった赤の他人だろ。もしもソイツが俺の殺したヤツだったら、死んだって赦せるはずがないんだから。謝ったって何したって、それですむ問題じゃねえんだよ。結局、俺が反省しようがしまいが、そんなのはどうだっていいんだからさ」

——暴論だ。

そう思うのに声が出てこなかったのは、それが加賀沼氏にとって剝き出しの正論だからだろう。それに、それこそ死んだって赦されない罪の前では、反省や謝罪は無意味だと知ってしまっているから。

けれど——と言い返そうとした青児の声に、皓少年の声が重なった。

「赦すために償わせるわけでも、赦されるために償うわけでもない以上、この先どう生きていくのか——罪を悔いて償うのか否か、それはアナタ自身の問題ですよ。だから、いくら処刑人が間違っているとしても、今ここでアナタが被害者面をして、生きることを放棄していい理由にはなりません」

静かな声だった。水か鏡のように相手の姿を映したその双眸も。

と、ハッと加賀沼氏が喉を鳴らして、

「だろうな。だから決めたんだよ。処刑人ってヤツが殺しに来たら、殺し返す。そっちの負け犬面も、うっかり死ぬなよ」

言うが早いか、背中を向けて退室してしまった。

茫然と立ち尽くした青児の手に〈弟への手紙〉だというチラシ入りの封筒を残して。

「まっ」

待ってください、と声をかける暇もなかった。

(けれど、もしかして、この封筒の受取人は、加賀沼さんのことを)

死んで欲しくない、と思う可能性があるなら——止めるべきではないだろうか。

と。

ぽんぽん、と皓少年の手が背中を叩いた。励ますように、労わるように。

「僕らも、ラウンジ車に戻りましょう。乗客たちが気になりますしね」

「え、はい、そうですよね」

慌てて上着のポケットに封筒をしまい、二人連れ立ってライブラリーに戻った。

——そして。

目を疑った。正面奥に位置するガラス製の連結扉が——いや、その向こうのラウンジ車が、白一色に染まっていたからだ。

「あれって……まさか霧ですか？」

それは白い靄（もや）にも見えた。列車の外に漂う夜霧が、どこからか車内に入りこんだように――が。

「おい、何だこれ、火事か！　まさか焼き殺す気かよ」

ラウンジ車から上がった咆哮（ほうこう）が、青児の意識をようやく現実と結びつけた。

――火事だ。

火元らしきラウンジ車には、すでに煙が充満している。もうもうと白煙の立ちこめる室内は、もはや目を開けることすらままならないほどだ。

「誰か、消火器！　早く！」

「くそ、何も見えないぞ！　どうなってんだ！」

煙越しに聞こえる怒号は一体誰のものか。青児の頭もパニックに近くなっていた。

（う、嘘だろ、こんな……こんな場所で火事になったら）

けれど。

もしも今立ち尽くしてしまったら、燃え盛る山門の前で途方に暮れていた時と――皓少年の死を知らされて、為（な）す術（すべ）もなく絶望したあの夜と同じままだ。

――だから。

「えーと、絶対どこかに……あ、あった、消火器！」

案の定、ガラス扉つきの本棚の陰に、小ぶりの消火器が鎮座していた。なぜか固定台にチェーンでくくりつけられているせいで、外すのに時間がかかってしまう。

(落ち着け、落ち着け……よし、外れた!)

が、しかし。

早速、消火器を手にラウンジ車へと飛びこもうとした、その時。

「をわあっ!」

ひょいっと皓少年に襟首をつかまれて、どしん、と尻餅をついてしまった。

「な、何するんですか!」

「落ち着いてください。ひょっとすると火事じゃないかもしれません」

……え?

「ど、どういうことです?」

「たしかラウンジ車の天井には、熱感知式のスプリンクラーがあったはずです。なのに一向に作動しない上、黒煙に変わる様子もないとなると――」

直後に青児は、連結扉の向こうにいるものに気がついた。

黒一色のシルエットをした生き物が、白く立ちこめる煙の底で、のたうつように暴れている。

――蛇、なのだろうか。

黒い影法師と化した二匹の蛇が、どん、どん、と絨毯に頭をぶつけてもがいていた。

次の瞬間。

一見、蛇のように見えたそれが、床に倒れてもがき苦しむ誰かの両脚だと気づいた青児は、ぞっと全身を粟立たせた。

「そ……んな」

茫然と呟いた声は、他人のもののように遠い。がくがくと膝が笑い出し、何度かつまずきながらも、どうにか連結扉をくぐる。

同時に視界を遮っていた煙が、薄れているのに気づいた。

煙が、晴れる。

駆け寄ってみると、絨毯に投げ出された二匹の蛇は、やはり人間の脚だった。

――加賀沼氏だ。

扉脇に設置された消火器の手前で、仰向けになって事切れている。両目をかっと見開いた顔は、喘ぐように唇の端から涎を伝わせ、耳の後ろまで一本の筋を引いていた。もはや疑いようもないほど――死に顔だ。

「……う」

ぐらっと金槌で殴られたように視界が揺れた。

（なんで、加賀沼さんが――）

ほんの数分前まで、話したり歩いたりしていたのに。チラシ入りの封筒を青児に押しつけて、それこそ〈殺しに来たら、殺し返す〉とまで――と考えた途端、拒絶感が嘔吐感に変わった。

けれど、本当に拒絶したいのは、今目の前にある現実そのものだ。

と、ふらっと背後によろめいた、その直後に。

「君は下がって」

言いながら入れ替わるように膝をついた人物がいた。鳥栖青年だ。

脈拍と瞳孔の確認をして――その一瞬、初めて表情らしきものを浮かべた。わずかに眉根を寄せて唇を噛む。そうして心臓マッサージと人工呼吸を始めて――ほどなくして止めてしまった。

「そんな……まさか死んでませんよね？」

訊ねたのは鵜ノ木さんだった。祈るように、すがるように。

いつの間にか乃村さんと石塚氏の姿もあって、それこそ死人同然に蒼ざめた顔で、目の前の一場面を凝視している。

第一の犠牲者が横たわる殺人現場と――正体不明の偽物の探偵を。

「死因は、静脈注射による毒殺だと思う」

と平らな声で鳥栖青年は言った。

直接、鵜ノ木さんの問いかけには応えないまま、遺体の側に落ちた何かを拾い上げる。

指紋をつけないためか、白いハンカチで包んで差し出されたそれは、小指サイズの注射器だった。

「なるほど、首筋に注射針の痕がありますね」

「えっ」

横から聞こえた皓少年の声に、慌てて遺体を確認する。直径一ミリほどの、ぽつんと赤い痣があった。なるほど、これが注射針の痕か。

「症状は、呼吸困難と痙攣。よく見ると、注射器のシリンジに褐色の液体が残っています——おそらくニコチンの濃縮液じゃないでしょうか」

「え、ニコチンって煙草のですか？」

「ええ、そうです。ただ静脈注射した時の毒作用は、肺から摂取した時とは比べ物にならないほど強いんですよ。針先からしたたる三、四滴が致死量です。体内に入って一分以内に痙攣をおこし、呼吸不能になって死に至ります」

「い、一分以内って」

ぞっと悪寒が走る。では、たとえ首筋に痛みを感じたとしても、何をされたか自覚する暇もなかったのではないか。

見ると、遺体の側には、折り畳み式のナイフがあって——苦しみもがいている間に、ポケットから飛び出したらしいそれは、刃を引き出した様子もなかった。

「……う、ぐっ」

直後、ゴボゴボ、と音がした。はっと顔を向けると、いつの間にかうずくまった鵜ノ木さんが、胃の中身を吐き戻している。

無理もない。もしかすると殺されていたのは自分だったかもしれないのだ。

「客室で休んでもらった方がいいな……乃村さん、付き添ってもらえるかな？」

「え、わ……は、はい！」

突然のご指名に声を裏返らせた乃村さんは、しかし、おずおずと鵜ノ木さんに駆け寄ると、肩を支えるように退室していった。

（よかった、大丈夫そうだ）

と、ほっとしたのも束の間。

「たぶん、これも仕掛けの一つですね」

皓少年の声が、アップライトピアノの裏側から聞こえてきた。

慌てて駆け寄って覗きこむと、背面の裏板に隠れるようにして、金属製の箱が設置されている。メタリックな見た目からして、何らかの装置のようなのだが。

「……スモークマシンだ」

そう言ったのは鳥栖青年だった。

はて、何だろうか。

「防災訓練や舞台の演出なんかで使われる装置だよ。特殊な薬剤を気化して煙を出すんだ。ただし本物と違って無害だし、熱感知器にも反応しない」

なるほど、それでスプリンクラーが作動しなかったのか。

続いてリモコンらしきものも発見した。無造作に床に転がったそれは、オンオフ操作用のスイッチがついた手の平サイズだ。

と、そこで皓少年が、ぽんと一つ手を叩いて、

「状況をまとめるとこうなりますか。この事件の犯人――たぶん執行人ですね――は、加賀沼さんがラウンジ車に戻ってきたタイミングを見計らって、隠し持っていたリモコンでスモークマシンを起動させた。そして、煙にまぎれて加賀沼さんの背後に近づき、首筋に注射器を突き立てたわけです。その後、用済みになったスモークマシンをオフにして、リモコンを放り捨てた、と」

うむ、たしかにその通りなのだろう。

けれど。

「あの、けど、室内が煙で真っ白だったってことは、犯人も何も見えなかったはずですよね。それなら、どうして加賀沼さんの位置がわかったんでしょう？」

その上、注射器を持った手で、正確に首筋を狙っているのだ。となると、犯人は腕利きの殺し屋――と思いきや。

「――消火器ですよ」

例によって、至極あっさりと皓少年から答えが返ってきた。

はて、どういう意味だ。

「遺体の位置を見てください――消火器の前で倒れてますよね？　加えて、固定台にはチェーンを外そうとした跡もあります。ということは、犯人に襲われた当時、加賀沼さんは消火器を固定台から外そうとしていたんじゃないでしょうか」

「――あ」

脳裏に浮かんだのは、ライブラリーで消火器相手に悪戦苦闘した記憶だ。ラウンジ車のものも同じ仕様だとすれば――加賀沼氏も、かなり長い時間チェーンと格闘したのではないだろうか。

「スモークマシンは、気化器で熱した薬剤を煙にする仕組みですから、吐き出された煙は温かい空気になって上昇します。つまり床に近ければ近いほど、視界を確保しやすくなるんですね。床にかがんだ状態だった加賀沼さんは、かなり狙いやすかったと思いますよ」

「……そう言えば」

ぽつりと呟いたのは鳥栖青年だった。何かを思い出すような薄目をして、

「煙が充満し始めた頃、誰かが〈消火器〉と叫んだ気がする。妙に甲高い声だったけど、あれは誰だったんだろうか」

「ま、まさかそれって」

「ええ、犯人だったんだと思いますよ。そうして乗客の誰かが消火器を探すように誘導しながら、注射器を手に待ち伏せしていたんでしょう――結果として一番近くにいた加賀沼さんが犠牲になってしまったんですね」

途端、背筋を冷や汗が伝うのがわかった。

〈誰か消火器！　早く！〉

あの声に反応したのは青児も同じだ。もしもライブラリーではなく、ラウンジ車の消火器を探していたら、殺されたのは青児だったのか。

と思ったものの、皓少年は小さく首を横に振って、

「さて、どうでしょう。すでに罪を告白している以上、青児さんは処刑対象から外れるべき存在ですから。むしろ、うっかり殺してしまわないよう、僕ら二人が不在のタイミングを見計らって、スモークマシンを起動させたとも考えられます」

「な、なるほど」

と青児が頷いたところで、

「それはどうかな」

そう反論したのは鳥栖青年だった。

「そんな風に見せかけておいて、君たちが犯人だってこともありえる。リモコンの電波が届く範囲なら、同じラウンジ車にいる必要はないからね。むしろ位置的には、君たちが加賀沼くんの一番近くにいたことになるし」

いやいやそんな、と青児が否定しようとしたところで、

「……おや」

ふと何かに気づいた様子で、皓少年が瞬きをした。

「石塚さんがいませんね」

「え、いや、さっきまでそこに――」

と、その直後。

ガチャン、と甲走った音がした。続いて、誰かの悲鳴。場所は、連結扉の向こうのようだった。食堂車だ。

まさか、と顔を見合わせた三人が、我先に食堂車へと踏みこむと、

「い、石塚さん？」

――いた。

それも殺人現場の犯人そのものの出で立ちで。

足元には巨大な血溜まりが広がっていて、その中央に仁王立ちした石塚氏が、逆さに握ったワインボトルを闇雲に振り下ろしている。

辺りに立ちこめる、噎せ返るようなこの匂いは――。

「赤ワインですね」

「あ、ほんとだ」

皓少年の言う通り、床の血溜まりは赤ワインの染みで、割れたボトルの破片がシャンデリアを反射して光っていた。

少し離れた場所には、小テーブルの一つに飾られていたはずのワインラックが、無理やり床に落とされたと思しき無惨な姿をさらしていた。

と、先ほどの悲鳴の主らしい乃村さんが、震える唇を開いて、

「う、鵜ノ木さんが、しばらく横になって休みたいって言ったので、部屋まで付き添っ

た後で、ラウンジ車に戻ろうとしたんです。そうしたら石塚さんが、ワインラックからボトルを盗み出そうとしていて」

なるほど。もともとアルコール依存症らしい石塚氏としては、それこそ〈呑まずにやっていられるか〉な状態だったのは間違いない。

とは言え、さすがに篁さんにワインやウィスキーを注文するわけにもいかず、苦肉の策として行き着いたのが、食堂車のワインラックだったのだろう。

……しかし、それがどうして大破するはめに。

「わ、わかりません。本当にわからないんです。突然、ワインラックからボトルをつかんだと思ったら、レコードプレイヤーのアクリルケースを殴り始めて」

「……レコードプレイヤー？」

見ると、ボトルが振り下ろされる先には、白百合の花弁で飾られたアクリルケースがあった。中では、我関せずといった面持ちで、SPレコードの盤面が回転している。

「か、かなり頑丈ですね」

「……今それ重要？」

「いえ、重要ですね。あれだけ殴ってもびくともしないとなると、テーブルに固定されてるんだと思います。それこそ何をしても、中のレコードプレイヤーを止められないように。そして――」

と言った皓少年は、すっと猫のように双眸を細めて、

「石塚さんがああなった原因は、今かかっているレコードにあると思います」

「ど、どういうことですか?」

「先ほどのディナーでも、石塚さんはレコードプレイヤーを止めるよう、篁さんに難癖をつけてましたよね。その時にも、今と同じ曲がかかってたんですよ」

「え」

慌てて耳をすますと、囁くようなピアノの旋律が聞こえてきた。普段クラシックとは縁のない青児でも、遠い記憶を揺さぶられるような、不思議な懐かしさを覚える曲だ。

「もしかして〈シューベルトの子守唄〉でしょうか」

そう言ったのは乃村さんだった。

「音楽の授業で習った覚えがあります。ねむれ、ねむれ、母の胸にって――」

ぎこちなく出だしの一節を口ずさんだ声が、ふと途切れた。歌声に反応したように、石塚氏がぐるりとこちらを振り向いたのだ。

もはや正気からは遠い形相だった。黄色く濁った白目は赤く血走り、まくれ上がった唇は口角から泡を噴いている。

(ヤ、ヤバイ!)

ぞっと寒気を覚えた青児が、とっさに乃村さんを庇おうと前に出たところで、

「石塚さん」

声がした――と思った次の瞬間には、石塚氏が床に倒れこんでいた。いつの間にか背

後に近づいていた鳥栖青年が、利き腕をねじり上げて組み伏せたのだ。

「じ、実は強かったんですね」

「……それはいいけど、早いとこ凶器を取り上げてくれる？」

い、いかん、ジト目でにらまれてしまった。あたふた膝(ひざ)をついた青児が、暴れる石塚氏の手からどうにかボトルを奪い取ると、

「くそ、くそ、役立たずどもが！」

痛みに歪(ゆが)んだ石塚氏の口から、呪詛(じゅそ)めいた咆哮(ほうこう)が上がった。

「何してる、黙らせるならあの女だろ。悪いのは全部、あの女だ！　ああ、くそ、うるさい、聞こえないのか馬鹿どもが！　早くあの女を黙らせろ！　この出来損ないが！　俺を馬鹿にするなら死ね！　ちゃんと死んでおけ！」

ヒッと乃村さんが悲鳴を上げる。あの女——が、自分を指した言葉だと思ったのだろう。なにせ女性は乃村さん一人なのだから。

（けれど、本当にそうなんだろうか）

そう思ったのは、石塚氏の目が乃村さんを見ていなかったからだ。むしろ誰もいないはずの場所に、ここにいないはずの誰かを見ているような。

「その人は……もしかしてアナタの奥さんなのかな」

訊(き)くともなしに鳥栖青年が訊いた、その直後に。

耳をつんざく絶叫が上がった。途端、予想を上回る勢いで暴れ出した石塚氏が、つい

に鳥栖青年の手をふりほどくと、絨毯の上に転がったガラス片の一つを握る。

　危ない！——と思いきや。

　脱兎のごとく後方の連結扉に向かって駆け出すと、それきり姿を消してしまった。

　しばらくして。

「どうも籠城するつもりのようですね」

　鳥栖青年と一緒に石塚氏を追っていった皓少年が、ラウンジ車に戻ってそう言った。

　正直、ほっと体から力が抜けるのを感じる——けれど。

「あの……連れ戻さなくて大丈夫なんでしょうか。この状況で部屋に閉じこもるって、あからさまに死亡フラグのような」

「さて、どうかな。無理に連れ戻しても、逆に俺たちが危険だからね。むしろ——」

　と、鳥栖青年の声が半ばで途切れた。ゴホゴホ、と苦しげに咳きこんで、

「ごめん、風邪かな……それで、むしろ石塚さんと同じように、俺たちも客室に閉じこもった方がいいと思う。トイレやシャワーもあるから不自由しないしね」

「い、いや、そんな。それこそ犯人の思うつぼじゃ」

　なにせ乗客たちの中に犯人がいるのは確かなのだ。ここにきてバラバラに行動すれば、互いに監視することもできずに犯人が野放しに——と思ったのだが。

「ただ、あのスモークマシンは、俺が初めてラウンジ車に足を踏み入れた時からあったんだ。もしも執行人が、俺たちの誰よりも先に乗車して、あの装置を仕掛けたんだとし

たら――この列車のあちこちに、同じような仕掛けがあるのかもしれない」

同時に、篁さんから聞いた言葉が脳裏に浮かぶ。

〈皆さんの客室には何の仕掛けもございません。安心しておくつろぎください〉

つまり、あれは――客室以外には、仕掛けがあるということか。

「それぞれ施錠は厳重にして、悲鳴や叫び声が聞こえても、外に出ない方がいい。何かあったら、すぐに内線電話で」

と言うと、不安げに後方の連結扉をチラ見している乃村さんの顔を見て、

「ただ、石塚さんの動向も気になるから、三十分おきに通路を巡回しようと思う」

「……え、まさか一人でですか？」

「そう。けれど、ドアの外から俺の悲鳴が聞こえても、絶対に鍵を開けないで欲しい」

「……いやいやいや、そんな馬鹿な！

「み、見回りするなら俺の方が！　告白ずみなんで、殺されにくいはずですし！」

「……酔っ払いにも、腕っぷしで勝てると思えないけど」

「皓さんと二人で！」

「……わかった。とりあえず一時間おきに俺と君たちで交代しよう」

という結論になった。

――それから。

加賀沼氏の遺体にテーブルクロスをかけると、まずは乃村さんを三〇一号室に送り、

その後に解散となった。六〇二号室で休んでいる鵜ノ木さんには、後ほど鳥栖青年が連絡してくれるらしい。

（……これで大丈夫なんだろうか）

脳裏に浮かんだ加賀沼氏の死にざまから目をそむける。ジャケットのポケットに仕舞った封筒に触れると、それこそ死体のように冷たかった。

そうして客室のドアを閉めようとしたところで、かすかに振り子時計の時報を聞いた。

深夜零時――夜明けまで、残り六時間だ。

と。

不吉なカウントダウンが脳裏をよぎった気がして、ぞくっと青児は身を震わせた。同時に、ガチャ、と音を立てて背後で扉が閉ざされる。

――残り六人だ。

＊

「……あれ、そう言えば」

と青児が言ったその時、時刻は午前零時半だった。

今頃、ドアの向こうでは偽探偵の鳥栖青年が、車内の見回りをしている頃だろうか。

――あれから。

皓少年の提案で、とりあえず三〇二号室に盗聴器などの仕掛けがないか調べて回ったものの、これといった発見はなかった。そうして一息ついたところで、

「あの、今、気づいたんですけど、加賀沼さんが殺されたのに、姿が変わった人がいないんです。普通に妖怪の姿がチラつくんですけど、全員、前と同じままで――」

そう、変化がないのだ。だから、これまで意識に上ることもなかったけれど、考えてみるとかなり不自然な気がする。人が一人死んでいるのに、その罪が照魔鏡にスルーされることがありえるのか――それとも、まさか。

「実は、姿を消した伍堂さんが犯人……なんてことは」

こわごわ言うと、顎に手を当てた皓少年が、うーん、と難しげに眉をひそめて、

「ありえなくはない、と思います。伍堂さんが生きているか死んでいるか、それすら不明なわけですから。ただ他の可能性があるとすれば――」

そんな風に続けて、人差し指を一本立てると、

「着目すべきは、照魔鏡の映し出す罪が、常に一つきりだということです。もしも犯した罪が二つ以上の場合、最も重い罪が妖怪の姿となって反映されます。つまり、より重い罪を犯した時点で、妖怪の姿が〈上書き〉されるんですね。例えば、繭花さんの手記の中で、初めは〈泥田坊〉として登場した一虎さんが、國臣さん殺しの後〈牛鬼〉に姿を変えたように。逆に言えば、過去に犯した罪が、加賀沼さん一人を殺したものより重

かった場合、その姿に影響を与えることはありません」

「いや、そんな……じゃあ、よっぽどの極悪人ってことですか？」

言った途端、ぞわっと二の腕に鳥肌が立った。人一人殺すよりも重い罪——となると、そうそう思いつかない。まさか、そんな危険人物が執行人とは。

しかし何より、気になるのは——。

「一体、執行人っていうのは誰なんでしょうか」

そう、結局はその一言に尽きるのだ。

「今のところ一番疑わしいのは鳥栖さんなんですよね？」

「いえ、それが——」

と珍しく言葉を濁した皓少年は、今一つ煮え切らない顔で首を傾げて、

「どうも鳥栖さんではない気がします」

「……はい？」

いやいや、そんなまさか。

「え、じゃあ、どうして探偵を騙ったりなんか——」

「これぱっかりは、本人に訊くしかないですね。思い当たる節はありますが、どうにも手がかりが少なすぎて」

しかし、鳥栖青年の扱いは保留にするにしろ、何よりもまず深刻なのは——。

「じゃあ、い、一体、他の誰が」

「さて、今から検討してみましょうか」

言いつつ皓少年が、懐から手帳を取り出した。

何かの取っ掛かりになれば——と考えて、青児もまたトランクの中から例のアレを取って来た。言わずと知れたマイ画図百鬼夜行である。

と、ふふ、と皓少年が不吉に思い出し笑いをし始めたので、その手が頭を撫でるモーションに突入する前に、「ちょっと鞄から飲み物取ってきますね」と席を立つ。ふははは、回避成功——と思いきや、結局、戻ったところで撫でられてしまった。ジーザス。

「〈小豆洗い〉というのは、言わば〈音の怪〉なんですよ」

皓少年の説明は、そんな一言から始まった。

「端的に言うと、川や井戸などの水辺で、小豆を洗うような音を立てる妖怪です。地方によっては、小豆を洗うだけでなく、唄をうたうこともありますね。北は東北、南は九州、全国的に分布している伝承なので、土地によって正体や呼び名も様々なんです」

ふむ、なんともとりとめのない話だ。

「共通しているのは、〈姿は見えないのに音だけが聞こえる〉という点です。たとえ、その姿を探そうとしても、見つけることができずに川に落ちてしまうんですね。そのため共同幻聴のようなものとも言われています」

「じゃあ、なんで小豆なんです？　水辺でジャキジャキ音がしたら、普通は米のような」

「ふふふ、たしかに。けれど小豆は、昔の人々にとって祭りやハレの日に食される特別な食べ物だったんですね。小豆の赤には呪術的な意味があると考えられたわけです。昔話なんかでも、小豆の煮汁で化け物を退治する話があるくらいですから」

「……はあ、なるほど」

いまいちピンとこないが、そういうものなのだろうか。それよりも重要なのは——。

「ええと、じゃあ小豆洗いの姿に見える罪っていうと——」

「そうですね。では、小豆洗いの正体から推測してみましょう。分布が全国的なだけに、津々浦々の説が存在します。兄弟子に疎まれて殺された小僧——という〈絵本百物語〉の説話の他にも、川に落ちて死んだ者、殺された者の霊とも伝えられます。中でも、女性の霊とされるケースが多いんですね」

「——あ」

なるほど、ピンときた。

と、青児の表情を読んだらしい皓少年が、手帳に万年筆を滑らせて、

嵐の夜、妻を溺れ死にさせた罪——小豆洗い——石塚文武？

おお、当たりだ。

「てことは、石塚さんの言う〈あの女〉っていうのは、溺死した奥さんなんですか？」

「おそらくそうでしょうね。そして、石塚さんにとっては、〈シューベルトの子守唄〉

が、その死を思い出させるトリガーなんだと思います」

「……ええと、ＰＴＳＤみたいなものですか」

　となると――この列車に石塚氏を招待した人物は、それを把握した上で、あのレコードプレイヤーを用意したのではないだろうか。

　そして、もう一方のテーブルにあったワインラックが、石塚氏を引き寄せるための〈餌〉で、決して止まることのない〈シューベルトの子守唄〉が、石塚氏を錯乱させ、乗客たちから孤立させるための〈罠〉なのだとしたら――。

「……死亡フラグが立ってるどころの騒ぎじゃない気が」

「ええ、ただ一度こうなってしまった以上、鍵のかかった客室に閉じこもってもらう他には――」

　――電話が鳴った。

　トゥルル、と呼び出し音がした途端、ビクッと体が震えるのを感じる。

　と、おもむろに立ち上がった皓少年が、電話機のナンバーディスプレイを覗きこんで、

「おや、鳥栖さんですね」

「え、今って見回り中なんじゃ」

　何かあったらすぐに内線電話で――と言っていたのを思い出す。となると、まさか見回り中に何かあったのだろうか。

「もしもし、三〇二号室です」

受話器を取った皓少年が、すかさずスピーカーモードに切り替えた。

と。

〈もしもし、鳥栖だけど〉

と相変らず淡々とした声がして、

〈知らせなきゃいけないことが二つある。一つ目は、食堂車とラウンジ車で盗聴器が見つかった〉

いきなり凶報だった。

〈コンセントプラグに擬態するタイプ。実は君たちと別れてから、またすぐにラウンジ車に戻って調べてみたら案の定。まだ他にもあると思うけど、見つけられない〉

「なるほど、ご苦労様です……ただ、まさかずっと一人で捜してたんですか？」

〈そうだけど〉

「この状況下では、いささか無謀に思えますね」

〈……まさか心配されてるのかな〉

「ええ、そうですね。長生きできなそうな人だなと」

〈だと思うよ。享年もう決まってる〉

……さすがに冗談だと思うのだが。

〈ところで、二つ目だけど。食堂車を調べてたら、石塚さんが殴るのに使っていたヤツの他に、無事なボトルをもう一本見つけた。たぶん最初に盗み出そうとしたヤツだと思

うけど――それが開封済みだったんだ〉

　おや、と皓少年が瞬きをした。

「ワインオープナーは見当たらなかったと思いますが」

「どうも素手で開けたらしい。コルクの栓が、無理やりボトルの中に押しこまれてた」

　酒呑みの執念おそるべし、だ。が、一体それの何が問題なのか、と首を傾げていると、電話口から激しい咳が聞こえてきて、

〈ごめん、本気で風邪をひいたらしい……で、そのボトルの中身を舐めてみたんだ。そしたら舌が痺れた。ひょっとすると毒入りかもしれない〉

　どくん、と心臓が鳴った。巣穴から虫が這い出すように胸に黒い靄が広がっていく。

〈ただ、乃村さんの話だと、ボトルに口をつける前にワインラックに殴りかかったらしい。だから、たぶん心配ないと思うんだけど――どうにも厭な予感がする〉

　ヒュウヒュウ、と苦しげな呼吸を縫うようにして、鳥栖青年はそう言った。

　そして、電話やノックをしても当然のように応答がないので、これから篁さんを呼んでマスターキーで解錠してもらう。ついては他の乗客にも立ち会って欲しいと。

「……まだ生きてるだろうか」

　独り言めいた呟きに、答えることはできなかった。

　――答えなど、欲しくはなかっただろうけど。

ああ、死体だ——と青児は思った。

これ以上ないほどに死体だ。なにせ頭部に穴があいているのだから。

場所は、六〇一号室だった。象牙色をした絨毯の、ちょうど中央辺り。うつ伏せに倒れた石塚氏は、見えない何かに手をのばすようにして事切れている。

その後頭部に、べったりと頭皮に髪の毛を張りつかせながら、血と脳漿でぬらぬらと光る穴があった。そう、穴だ——まるで噴火口のようにも見える、銃創の。

「なんで、こんな……こんな酷いこと」

うわ言のように呟いた鵜ノ木さんが、その場にへたりこんでしまった。慌てて駆け寄った乃村さんも、土気色に近い顔色をしている。二人一緒にサニタリールームに避難していくのを見送りながら、青児はこの六〇一号室に至るまでの記憶を反芻した。

——あれから。

鳥栖青年や乃村さんと合流しつつ、青児たちは六号車に移動した。

すると通路には、先に内線電話で呼び出されたらしい篁さんと、未だに蒼ざめた顔をした鵜ノ木さんの二人がいて、そして何より異様だったのは——。

「う、うわ、これって……血痕ですか？」

通路にぽたぽたと血痕があったことだ。しかも、ちょうど六〇一号室の前で途切れている。すわ、殺人事件発生か――と震え上がったものの、

「いえ、違いますね。ラウンジ車を出る時、石塚さんがワインボトルの破片を握りこんでましたから、単にそれで手を切ったんだと思います」

「な、なるほど……あ、ほんとだ。ドアの前にガラス片が落ちてますね」

おそらく鍵を開ける時の邪魔になったので捨てたのだろう。まったく人騒がせな――と思う一方で、無性に厭な予感がしたのもたしかだ。

そして、今。

青児たちの目の前には、まさに予感通りの光景が広がっていた。

「……銃で撃たれてるな」

遺体の頭にあいた穴を見下ろして、鳥栖青年がぽつりと呟く。銃――と頭の中でくり返して、直後に青児ははっと気づいた。

（……この状況、本気でヤバいんじゃないか？）

そう、今も青児は、棘から借りパクした回転式拳銃(けんじゅう)を隠し持っているのだ。もしも気づかれれば、犯人扱い待ったなし。それこそ一巻の終わりだ。

と、不自然に目を泳がせた青児が、だらだら冷や汗を流しつつ固まっていると、

「なんだか顔色悪そうだね？」

「いいいいいや、そんなこと！　全然！」

「……そうは見えないけどな」

じろりと横目で青児をにらみつつ、鳥栖青年は遺体の傍らに膝をついた。そして、自前らしい薄手の手袋をはめた手で、その首筋を指しながら、

「けど、石塚さんを殺した凶器は、銃じゃない。死因は、注射針による毒殺だ。ほら、よく見ると、首筋に注射針の痕がある」

「え？」

見ると、たしかに加賀沼氏の時と同じ痣があった。

「け、けれど、それならどうして銃で頭を――」

「さあ、わからない。けど、死後に撃たれたのは確かだと思う」

と言うが早いか、後頭部の髪をかき分け、慎重に頭皮を露わにすると、

「こうしてみると、銃創の周りに黒っぽい円が見えるよね。銃口を直接肌に押し当てたか、数センチの距離から撃った時にできる痕だ。普通は赤か橙色だけれど、死後に撃った時にはこんな風な灰褐色になる」

なるほど、たしかに……いや待てなんで知ってるんだ。

内心ツッコミを入れた青児を尻目に、鳥栖青年はゲホゴホと苦しげに咳きこんで、

「それに、発砲時にできた火傷や水ぶくれなんかも見当たらない。となると石塚さんは、まず注射器で毒殺されて、その後、拳銃で頭を吹き飛ばされたことになる」

「な、何のために、そんな」

わざわざ毒殺した後で頭を吹き飛ばすなんて、それこそ二度手間ではないか。

「さあ、わからない。けれど一番わからないのは——犯人は、一体どうやってこの部屋に入ったんだろうか」

へ、と思わず間抜けな声が出てしまった。が、しばらくして、はっと思い当たる。

考えてみると——当時、石塚氏はドアに鍵をかけて籠城中だったのだ。毒殺にしろ、射殺にしろ、執行人が石塚氏を殺害するには、まず室内に侵入する必要がある。

けれど——どうやって。

問題はそこなのだ。ドアには何の異常もないから、物理的に突破された線は薄い。かと言って、石塚氏を説得して鍵を開けてもらうのは、まず不可能だ。あの凶暴なハリネズミのような石塚氏相手では、酒瓶で頭をカチ割られるのがオチだろう。

と、ごくり、と青児は唾を呑みこんで、

「じゃあ、まさか密室だったってことですか？」

そう——また密室なのだ。

一人目は、ドアガードのかかった二〇一号室から忽然と消失した伍堂氏。そして二人目は、侵入不可能な六〇一号室で毒殺され、頭を吹き飛ばされた石塚氏だ。

今夜一晩だけでも、すでに二人の乗客が、密室の餌食になっている。

——と。

すいっと皓少年の指が持ち上がった。見ると、遺体の着ているスーツの上半身を指している。正確には、フラップのついた右ポケットだ。

「そこに石塚さんはルームキーをしまっていたと思うんですが、今もありますか？」

「え、どうしてそれを――」

と喉から出かかったところで、はたと気づいた。

（ああ、そうか。伍堂さんがいなくなって、それぞれ客室をチェックした時だ）

石塚氏が鍵をどこにしまったか、それを憶えていたのだろう。さすが目ざとい。

と、皓少年の指示通り、鳥栖青年が右ポケットに手を差し入れた。改めて見ると、フラップ部分に血がついている。鍵を取り出そうと右手をつっこんで汚れたのだろうか。

と、やがて。

「これかな」

そう言って鳥栖青年がかかげて見せたのは、六〇一号室の鍵だった。

当然と言えば当然、三〇二号室のルームキーとほとんど同じデザインだ。持ち手の穴に紺青色をしたリボンが結ばれ、部屋番号を記したコルクタグが下がっている。

うむ、見たところ、これといった異常もなさそうに見えるが――。

「どうもおかしいですね」

……さて、お約束の流れだ。

しかし青児の目には、前と少しも変わらないままなのだが。

「前と同じだからですよ。ドアレバーに血がついていないということは、石塚さんは無傷な方の左手でレバーを握ったことになります。となると、傷のついた方の右手で、この鍵をかざしたことになるんですね。なのに、血まみれの手で握ったはずの鍵が、汚れ一つなく綺麗なままなんです」

「……な、なるほど」

たしかに。怪我をした手で鍵を握ったのなら、リボンやコルクタグにもべったりと血が付着していなければおかしい。現に右ポケットの中や、蓋になったフラップは、しっかりと血で汚れているのに。

となると、考えられる可能性は――。

「えっと、じゃあ犯人が鍵についた血痕を後で拭ったってことですか？」

「ルームキー本体だけならありえますね。しかしリボンとタグの素材は、サテン生地とコルクです。一度ついた血痕を拭い落すのは、なかなか難しいと思いますよ」

はて、では一体どういうことか。

首を傾げた青児を尻目に、鳥栖青年がふと何かを思いついた顔で瞬きをして、

「……なるほど、そういうことか」

言いながら、ぐるりと室内を見回した。

「ええ、そういうことです」

にっこり笑った皓少年も、したり顔で頷き返している。

さて、例によってわからないのは青児だけのようだ。しかも、説明を求めようとした

矢先、なぜか鳥栖青年が退室してしまった。

と、残された皓少年は、仕切り直しをするように、さて、と手を叩いて、

「この六〇一号室には、もう一つ不自然な点があるんです。どこかわかりますか？」

……わかると思ってか。

「ふふ、端的に言うと、通路に点々と続いていた血痕が、室内のどこにも見当たらないことです。遺体が中央にある以上、どう考えても不自然ですね。服なんかで血を拭った跡もないわけですし」

なるほどたしかに、と青児は頷いた。

もしも石塚氏が絨毯の上を歩いたのなら、それこそ通路と同じように、ドアからぽつぽつと血痕が続いていなければおかしい。なのに絨毯がまっさらとなると――。

「まず洗面所で手を洗った……とか？」

「洗面台のあるサニタリールームは、奥のドアからしか行けませんから、最短ルートで向かったとしても、絨毯の上に血痕が残るはずです」

「じゃ、じゃあ、部屋に入ったところで、ハンカチか何かで血を拭って、それを犯人が持ち去った……とか」

「その可能性は低いと思います。石塚さんのハンカチは、ここにありますから」

言いつつ、遺体の傍らに膝をついた皓少年が、スーツの胸ポケットからハンカチを引き抜いた。手品でもするようにさっと広げて、

「石塚さんは、胸元のポケットチーフを普通のハンカチ代わりに使っていたようなんです。ほら、ワイン染みが見えますよね？」

「あ、ほんとだ」

「アルコールで手が震えやすい分、飲みこぼしや食べこぼしが多かったんだと思います。本来、こんな使い方をするのはマナー違反ですから、おそらく犯人も気づかなかったでしょうね――そして、血痕らしきものはどこにも見当たりません」

はて、となると一体、どういうことだ。

青児が首をひねったのと同時に、鳥栖青年が戻ってきた。ドアマンよろしく脇に控えた篁さんを横目に、するっと室内に滑りこむ。

と、激しく咳きこむや否や、ふらっと足元がよろめいたので、

「だ、大丈夫ですか？」

慌てて駆け寄って手を差しのべた。が、肩を支えようとした矢先に、ぐいっと脇腹の辺りを押し返されて、

「……殺されるよりはマシだよ」

吐き捨てるように言われてしまった。うわ、感じ悪っ。

と、怨みの眼差しを向ける青児にかまわず、つかつかと皓少年のもとに歩み寄って、

「確認したら二〇一号車の鍵だった。失くなってたのは、その一本だけだ」

「なるほど、それなら、もう間違いなさそうですね」

何やら意味深に言った鳥栖青年に、皓少年もまた訳知り顔で頷き返している。が、

「さて、どうかな」と応えた鳥栖青年は、ちらっと横目で青児を見やって、

「悪いけどライブラリーまで来て欲しい。乃村さんや鵜ノ木さんたちも、全員一緒に」

かくして。

ぞろぞろとライブラリーに移動した四人は、今や固唾を呑んで鳥栖青年を見つめていた。イメージとしては、ミステリードラマの謎解き場面だ。さて、と探偵が口を開くのを今か今かと待ち受ける事件関係者一同。

が、今一つ盛り上がりに欠ける無表情のまま、鳥栖青年が口を開いて、

「たぶん俺はここで犯人が誰か言うべきなんだろうな。けど、その前にちょっと見て欲しいものがあって」

はて、何だろう——と首を傾げた、次の瞬間だった。

左のくるぶしに衝撃が走ったかと思うと、がくんと視界が斜めに傾いで——足払いをかけられたと悟った一瞬後には、ぐいっと右腕をつかまれていた。

ガチャン、と金属音。

見ると、黒々とした輪が手首にがっちりはまっている。手錠だ。

「な、何ですか、これ！」

「手錠」

「ですよね！　見たままですしね！　じゃなくて、なんで持ってるんですか！」

泡を食って吠(ほ)え立てる青児に対し、無表情のままの鳥栖青年は、もう片方の輪をつかむと、窓下に設置されたステンレス製の手すりにガチャリとはめた。これでもう、青児は鎖の長さ分しか身動きがとれない。

そして。

「それはこっちの台詞(せりふ)だろ」

と言った鳥栖青年が、青児の着ているジャケットをめくって、その下に隠されたものを引き抜いた――例の回転式拳銃(けんじゅう)だ。

「な、な、な」

なんでそれを、と訊(たず)ねるよりも早く――。

「正直、挙動がおかしすぎたんだよ。無意識にジャケットの上から触ってるし、何より犯行に拳銃が使われたってわかった途端、一気に挙動不審になって目が泳いだ。だから、さっき脚がよろけたフリをして、触って確かめてみたんだ」

「え、じゃあ、さっきのは――」

畜生、騙(だま)しやがって、と悪態をつきたいのは山々だが、それこそ悪役そのものだ。

「そもそも伍堂さんが消えた件は、君しか犯人でありえないんだよ」

と、やがて鳥栖青年は切り出した。

「伍堂さんが消えた時、〈二〇一号室から悲鳴が聞こえた〉と証言したのは、実は君一人だけなんだ。もしもそれが嘘だとしたら、こう仮定することもできる。伍堂さんは、二〇一号室から消えたんじゃない。そもそも二〇一号室に入室してすらいないんだ。二〇一号室に戻る途中で、後から追ってきた君に殺されたんだよ」

――説明によると。

食堂車から二号車へと向かう途上――四号車か三号車の辺りで、伍堂氏に追いついた青児は、例のニコチン注射器で伍堂氏を殺害。その遺体を四号車の共用トイレへと引きずりこんだ。

次に、遺体のジャケットを手に共用トイレを出ると、ポケットに入っていたルームキーで二〇一号室を解錠。そして、伍堂さんが室内に戻ったと見せかけるため、ジャケットのポケットにルームキーをしまい直して、クローゼットのハンガーにかけたのだ。

後は、通路に出てドアを閉じさえすれば、自動でロックがかかる。そうして他の乗客が駆けつけたタイミングを見計らって〈中から悲鳴が聞こえた〉と騒ぎ立てたのだ。

うむ、筋は通っている……が、いやいやいや、冗談じゃない！

「け、けど、ドアは内側からドアガードがかかってて――」

「紐や糸で外から細工することも可能だと思うよ。たとえば、今、君のはいてる革靴の紐なんかで」

「いや、でも共用トイレは鳥栖さんたちも調べ済みですよね！　なら中に死体なんて」

「そう、死体なんてなかった。だから、最初に俺たちが二〇一号室を調べている隙に、篁さんが運び出したんじゃないかな。たぶん運び先は機関室だと思う。俺たちが調べた時には、すでに死体を運び出された後だったんだ」

「じゃ、じゃあ、ドアの前にあった、あの水溜まりは――」

「さあ……けど、それって、そんなに重要？」

だあああ、もう、ああ言えばこう言う！

と、限界を迎えた青児が、がしがし頭をかきむしっていると、

「少なくとも、君たちが篁さんと顔見知りなのは本当だろう？」

「――え」

なんでそれを――と思わず顔に出てしまった。

「発車前、ラウンジ車に向かう前に、一通り車内を見て回ったんだ。その時、三号車の乗降口から君たち二人の声が聞こえてきた。くわしい内容は聞き取れなかったけど、〈タカムラ〉とか〈裏切り者〉って言葉はわかった。その後ラウンジ車に着いたら、篁ってスタッフが挨拶に来たから驚いたよ。だから、君たちに鎌をかけてみたんだ」

さっと血の気が引くのがわかった。同時に、鳥栖青年の声が耳の奥で反芻される。

〈篁って人は君たちの知り合いなのかな？〉

まさか、あの突拍子もない問いかけに、そんな裏があったなんて。

「どうして伍堂さんが〈不慮の事故〉で消えるはめになったか、その理由もだいたいわかるよ。伍堂さんが偽名だったせいで、執行人である遠野くんと面識があったことに、当日になるまで気づけなかったんだ。その結果、ゲームを開始する前に排除せざるをえ

なくなったんじゃないかな」

「そ、そんな」

否定しようにも声が続かなかった。口の中が渇いて、唾を呑みこむと痛みを感じる。

たしかに鳥栖青年の言い分にも筋が通っている。そうやって情報の断片をつなぎ合わせれば、執行人は青児でしかありえないのだろう。

けれど、と反論しようとしたところで、

「けれど――俺は、主犯は君じゃないと思ってる」

「え？」

今度は何を言い出すんだ、と身構えた途端、鳥栖青年の手が、がしっと皓少年の手首をつかんだ。それこそ手錠のように。

「ちょ、ちょっと、何するんですか！」

思わず声を荒らげてしまう。

が、当の皓少年は、なだめるように人差し指を唇に押し当てると、続いてトントンと耳たぶを叩いた。今は黙っていろ、という意味だろうか。

けれど、と歯噛みした青児の前で、鳥栖青年は再び口を開くと、

「執行人は、二人一組だったんだ。西條くんが指示役で、遠野くんが実行役。執行人が一人だけだとは、蓄音機も言ってなかったしね」

そう結論づけた鳥栖青年は、ぐっと皓少年の腕を引き寄せて、

「鵜ノ木さんと乃村さんは、これから部屋まで送っていくから、一度、室内と荷物を調べさせて欲しい。盗聴器が見つかった以上、何か仕掛けがあるとも限らないしね」

「ええ、かまいませんよ」

「西條くんには、二〇二号室で話を聞かせてもらおうか」


と言うと、ゲホゴホ、と咳きこみつつ歩き出した。どうやら風邪を引いているのは本当のようだ。いや、それよりも——まさかライブラリーに置き去りにする気か！

「え、ちょ、俺は！　取り調べするなら、俺も！」

「それこそ話にならないだろ、君だと」

「か、かもしれませんけど！　いや、というか、そもそも偽物の探偵なのは——」

うるさいな、と鳥栖青年がぼやくのが聞こえた。

直後、一足飛びに青児の前まで戻ると、ぐいっと首に肘を巻きつけて——締め技、と悟るより先に青児は意識を失ってしまった。

——それきり、何もわからない。

＊

夢を見た。正確には、記憶なのかもしれないけれど。

「……うん、あれ、皓さん？」

「おや、起きましたか。よく寝てましたね」

瞼を開けると、いつの間にか向かいに座った皓少年が、テーブルに広げた本のページをめくっていた。言わずと知れたクイーン・アン様式の一脚だ。

場所はいつもの書斎で、換気のために開いた窓から秋風が吹きこんでいる。一服しようとしている内にうたた寝してしまったらしい。数回瞬きして体を起こすと、

「あれ、煙草の箱はどこに……って、あだっ！」

なぜか頭の上に移動していたらしい煙草の箱が、コン、と音をたてて落下してきた。どうもイタズラされたようだ。さては——と皓少年を見ると、素知らぬ顔でページをめくりつつ、小刻みに肩を震わせている。吹き出し笑いをこらえているらしい。

と、青児のジト目に気づいたのか、コホ、と咳払いして本を閉じると、

「もしかすると枕返しが出たのかもしれませんね」

白々しさ百パーセントの大嘘だった……はて、しかし枕返しとは。

「寝ている間に現れて、枕を移動させる妖怪です。ほら、朝起きると、頭の下にあったはずの枕が足元に転がっていることがありますよね？　それが枕返しの仕業なんです」

「はあ、単に寝相が悪いだけのような」

「ふふ、その通り。けれど〈枕を返す〉という行為には、意外な意味があるんですよ」

……うむ、話をそらして逃げようとしていることだけはよくわかった。

「〈枕を返す〉という言葉は、古くから葬儀などで〈死人の枕を北向きにする〉ことを

指したんです。つまり呪具として枕を反転させることで、生から死へと秩序を反転させるんですね」

「いや、呪具って……そんな大げさな」

たかが枕なのに、と言外に言うと、

「昔の人々にとって枕は、夢と現をつなぐ装置だったんです。つまり〈枕を返す〉という行為は、魂が戻る道筋を断つ——すなわち命を奪う悪行でもあったんですね」

「い、意外と物騒なんですね」

思わず、ぶるっと背筋を震わせてしまった。

「ふふふ、正体を〈宿を借りた先で殺された旅人の霊〉とする伝承もありますしね」

と言った皓少年は心なしか楽しげだった。うむ、雷に怯える飼い犬を見つめる目だ。

「てことは、この先、そんな姿をした罪人と会うかもしれないわけですか」

「可能性としては大いにありえると思います。ただ、罪人など、いないに越したことないですけど」

何の気なしの呟きに、皓少年の本音が透けて見えた気がした。

窓から差しこむ光は、とうに夏の眩しさを失っている。瞬きをすれば、たちまち忘れてしまいそうなほど、ごくありふれた九月の午後だ。

「えーと、そもそも、地獄堕としっていうのは、どうして始まったんでしょうか」

気がつくと、そんな言葉が口から滑り落ちていた。

「いえ、あの、もともと閻魔庁の仕事だったって聞いたような」

「ええ、そうです。僕はあくまで代行人ですから、本来は火車などの役目ですね」

「けど……死んだら地獄に堕ちるのは決まってるのに、どうして生きてる内に堕とす必要があるんでしょうか。そんな、わざわざ仕事を増やさなくったって」

と言うと、うーん、と腕組みをした皓少年は、ふうっと息を吐きつつ腕をほどいて、

「おそらくは、人に望まれたんだと思います」

「え……いや、そんな、だって罰される側なのに、なんで人が」

「人だからですよ。そもそも人は、人の科すことのできる刑罰の範疇を超えて、人を罰したいものなんです。極刑すら生温い、そんな怨みがあの世に地獄を生むんですから」

なるほど、たしかに。

大事な人を失った時、奪った者の行く末に地獄があるとわかれば、慰めになるのかもしれない。生きている内にも地獄の迎えがあると知れば、なおさら——。

「そして、それは同時に、神や鬼といった人智を超えた存在に対する怨みでもあるんですね。人が悪を為すことを止められないのなら、せめて罰を与えて欲しい——と、そうして火車は生まれたんです。悪を為すのが人ならば、罰を望むのもまた人なんですよ。言わば人に罰を下すことこそが、神や鬼に科された罰とも言えます」

ああ、そうか、と青児は思った。

人を罰することを〈望む〉のが鬼なのではない。

人を罰することを〈望まれる〉のが鬼なのだろう。

それでは、代行人である皓少年にとっても、地獄堕としは罰でしかないのだろうか。

「いえ、僕もまた人として罰を望む側でもありますから——なにせ鬼であり、人でもある以上、それぞれの立場から向き合っていかなければと思っています」

おや、と意外な思いで瞬きをした。

人であって人ではない。妖であって妖ではない、と、かつて皓少年が自称するのを聞いた気がするのだが。

「ええ、たしかに以前ならそう言っていたんですが」

青児の眼差しに気づいたらしい皓少年が、コホン、と咳払いをして、

「今では、青児さんに言われた通り、どっちもあり、と言うようにしています。妖と人、どちらでもあるのが僕なんだと」

「……ですか？」

「ふふ、ですね」

そう言って、白牡丹のほころぶように笑った皓少年の顔は、出会った頃と何一つ変わらなかった。ひょっとすると、この先も変わらないかもしれない。

——けれど。

それでも、心は変わっていくのだろうか。もしも、この世を生きていく中で、少しずつ互いに変わることがあるのなら、それは——。

地獄のくらやみに花が咲くのと同じかもしれない。

そして——目が覚めた。

我に返った青児の目が、朱赤に灯ったランプの光に焦点を結ぶ。ライブラリーだ。

「……い、づ」

身じろぎした途端、体が悲鳴を上げるのがわかった。

当然のように右手首は手錠につながれたまま、足を投げ出すようにして、窓下に座らされている。不自然に持ち上がった腕は、すでに肘から先の感覚がない。

(一体、どのくらい寝てたんだ？)

スマホで確認すると、すでに午前三時を回っていた。果たして、皓少年は無事なのか。

慌てて耳を澄ませても、何の音も聞こえない。静寂——いや、沈黙だろうか。もしも〈黙っている〉のではなくて〈しゃべれない〉のだとしたら。

「皓さん、無事ですか！」

闇雲に叫び出しそうになったところで、

〈もしも起きていたら、窓の外を見てください〉

声が、した。他でもない皓少年の声が。

(……窓？)

言われるままに振り向いた途端、さっと視界に光が差しこんだ。

続いて、ごおっと巨大な風の塊が通過していく振動音。

巨大な怪物じみた二つの目玉が、煌々と光りながらガラス一枚向こうを疾駆する。

——対向列車のヘッドライトだ。

すると。

たしかに——見えた。

そして。


「——車内は禁煙ですよ」

突然、背後からかかった声に、ぎょっと青児は飛び上がった。

その拍子に、火のついた煙草がぽとりと落ちる。

あたふた拾い上げると、さっと篁さんから携帯灰皿を差し出された。きっと紅子さんが懐から取り出す干しイカと同じ仕様だ。

「ライブラリーの窓が開いたと、警報メッセージが届きまして」

篁さんの視線の先には、先ほど青児がクランクを回して開いた窓があった。篁さんが待機しているのは七号車のはずだが、さすが思ったよりも駆けつけるのが早い。

「す、すみません、二進も三進もいかなくて、吸わないとやってられない気分に」

「それは御気の毒です」

アンタが言うな。

思わず飛び出しかけたツッコミを危うく呑みこむと、

「あの、篁さんは一体どうして——」

と訊ねようとした矢先、「では、失礼します」と一礼して退室してしまった。前方車両に向かったので一瞬どきりとしたが、幸い足音の止まる様子はない。機関室に向かったのだろうか。

と、ほっと安堵したのも束の間、意外な人物の姿が目に飛びこんできた。三号車につながった連結扉をぐって、ライブラリーへと現れた、その人物は——。

「……乃村さん？」

その横顔も、足取りも、亡霊じみて虚ろだった。

思いつめている——というよりは、それを通り越してしまったように。

直後に気づいた。最後にアパートを訪ねてきた猪子石と同じ顔だ。

(見覚えが、あるような気が)

と、そのまま目の前を横切ろうとしたので、

「あの、どこに行くんですか？」

呼びかけると、足が止まった。けれど、顔を伏せて目を合わせないまま、

「……七号車に行こうと思ったんです」

「え、じゃあ、篁さんですか？　ついさっき、ここを通って行ったところなんです。だから七号車にはいないんじゃないかと」

まさか罪の告白をするつもりだろうか。そう思った青児が説明すると、乃村さんは考えこむように唇を噛んで——やがて一つ溜息を吐いた。

「じゃあ、もういいです、アナタで」

「え？」

靴先が、こちらを向く。

瞬間、青児はぞっと怖気立った。

その手に見覚えのあるものがあったからだ——加賀沼氏の、折り畳み式ナイフだ。

＊

普通だった。

ここ数年、つねに徹夜明けのように体が疲れているのも。深夜、眠くてたまらないはずなのに、瞼を閉じると激しい動悸に襲われて、涙があふれて止まらなくなるのも。駅のホームに立っていると、線路に吸いこまれそうな気がするのも。

就活中、百社以上にエントリーシートを送って、内定をもらえたのが合同説明会でブースに誰もいなかった一社だけだったのも。最初十人いた同期がいつの間にか二人に減っているのも。気がつくとハローワークの求人サイトやフリーペーパーの求人誌を眺めているのも。

――全部、普通。

インターネットのブラウザを開けば、もっと酷い職場の話が山のようにあって、有給休暇も、残業手当も、昇給もなくても、もう少し頑張ってみよう、と自分を説得する理由だけなら、いくらでも見つけることができた。

だから、普通に頑張ってきた。

真面目に、大人しく、嫌われないように。

誰かを助けたり、褒めたりもしないけれど、それでも他人に悪意を向けることはなかったし、傷つけたり踏みつけたりしたこともない。

いい人として生きてきた、普通に。

けれどSNSを開けば、いつの間にか疎遠になってしまった友人たちの〈普通〉が溢れていて、ホテルの女子会、ホームパーティ、夫婦の記念日、結婚しました、生まれました……そんな〈普通〉を見る度に、黙って「いいね」を押していたのに、最近、指が動かなくなってしまった。

そんな頃に。

「――さんって、ちょっと普通じゃない気がして」

そんな風に、彼女が上司に相談しているのを見てしまった。

彼女は、派遣社員として職場に入ってきた女性だった。「仕事はちょっとだけで満足なんで」が口癖で、年に一度は海外旅行のお土産を配り、車で三十分ほどの距離に住んでいる両親が子供を甘やかして困ると愚痴を言って、休日には夫婦そろって買い物に出かけ、週一で趣味のフラワーアレンジメントの教室に通っていた。

それが、彼女の〈普通〉だった。

「ああいう人って、なんか生きてる世界が違いますよね？　悪い人じゃないのはわかるんですけど、正直、苦手って言うか、ちょっと怖くて……だって私、妬まれるしかないじゃないですか。こんなこと言ったら悪いですけど、一体、何のために生きてるんだろうって。恋人なし、出世なし、休みなし、資格なし、将来の保証なしって、それって何にもなしじゃないですか。やっぱり普通じゃないなって」

――だから。

忘年会で「気持ち悪い、吐きそう」と言って、畳んだコートを枕にして眠り始めた彼女の、そのコートを足元に置き直したからと言って。

気づいた時には、吐いた物が喉につかえて呼吸が止まっていたからと言って。

――ザマーミロ、と。

そう思ったのは、きっと普通だ。

＊

乃村さんだった。

目の前にいるのは、確かに乃村さんだ。地味なビジネススーツを着て、青児と同じコミュ障で、見るからに大人しそうな中年女性の。

けれど、その手にはナイフがあって、凶暴なセレーションのついた刃がランプの光で朱赤に染まっている。

そうして一歩ずつ近づいていた——青児に向かって。

（だああっ、くそ、最近こんなのばっかりか！）

近頃、何かと暴漢に襲われがちな青児としては、なんで俺ばっかりこんな目に、と嘆くより他にない。なんとか鎖をちぎれないかと、ガチャガチャ手錠を鳴らしていると、

（……あれ？）

違和感があった。

乃村さんの握ったナイフの向きだ。順手に握られたナイフの刃先は、まっすぐ上を向いている。まるで自分の喉に突き立てようとするように。

（てことは、つまり）

自殺——と思い浮かんだ瞬間、無意識に体が動いていた。

「え」

目一杯のばした青児の脚に蹴り飛ばされ、ナイフは呆気なく宙を飛んだ。

こう見えて、脚の長さには、ちょっとした自信があるのだ。猫背のせいで差し引きマイナスではあるのだが。

「ど、どうしていきなり！　なんで！」

声を裏返らせて訊ねると、乃村さんが顔を上げた。

初めて目と目があったその顔は、追いつめられた獣じみた形相だった。

「ひ、人殺しになりたくないからです！　なら先に死ぬしかないじゃないですか！」

支離滅裂だ。なのに殴りつけるような声は、ほとんど悲鳴じみている。

「だ、だったら、せめて私たちをこんな目にあわせた人たちの前で死んでやろうと思ったんです。嫌がらせに血まみれになって。だから篁って人のところに行こうとして」

つまり、その前に青児と出くわしたから〈もういいや〉と思ったのだろうか——もうコイツの前で死ねばいいや、と。

けれど。

「あの、けど、俺は執行人じゃなくて——」

「知ってます」

え、と思わず声が出た。

すると乃村さんは、唇の端を痙攣するように震わせて、

「ア、アナタみたいな人が、人を殺せるわけないじゃないですか。他の人にも罪を告白して欲しいって、そんなことを言えるような人が！　結局、殺人も警察も、他人事だから言えるんですよね！」

ヒステリックに上ずった声は苦しげに震えていた。それこそ断末魔の絶叫のように。

「けど、そんなに私が悪いんですか？　私だけが悪いんですか？　結局、いい人なんてどこにもいなかったのに！　それなら、どうして私一人だけが人殺しにならなきゃいけないんですか！　妬んだのが悪いんですか！　けれど私は、貶したりも傷つけたりもしなかったのに！　あの人と違って誰の悪口も言ってないのに！　どうして！」

それは――と言おうとして喉がつまった。

言葉が見つからない。たとえ何を言っても言わないのと同じ気がする。

（けれど、どうにかして）

きっと――だからこそ乃村さんは、篁さんでなしに青児を選んだのだ。

一度、自殺を止められなかった青児なら、絶対に止めようとすると知っていたから。

死ぬのを止められるために、死のうとしているのだ――かつての猪子石と同じように。

「けど、たぶんその人も、死にたくなかったと思います。今の乃村さんと同じで」

言った途端、頬に衝撃が飛んできた。平手で殴られたのだ――と悟った直後、遅れてじくじくと痛みに襲われる。

「……本当に、何もわからないんですね、アナタは」

そう吐き捨てた乃村さんの声には、苛立ちや軽蔑にも似た感情があった。

〈本当に変わらないんだな、お前は〉

かつて青児にそう言った猪子石と同じに。

「自殺したっていう友だちのことも、結局、全然わかってないじゃないですか。体を壊して、仕事を辞めて、ギャンブルで借金まで作って——誰にも合わせる顔がなくて、それでも幼馴染のアナタに会いに行ったのなら、実家に帰るよう背中を押して欲しかったからに決まってますよね」

横っ面を殴られたような衝撃があった。

たしかに——猪子石には、両親と、祖父母がいて、〈たまに帰ると、かまわれすぎて鬱陶しいんだよ〉とゴチャゴチャ文句を言いながらも、その顔は照れ臭そうだった。

——帰る場所があったのだ。

（ああ、そうか——だから、最後に俺のところに来たんだ）

一緒に実家に帰らないか、とそう言っていたら、猪子石は死なずにすんだのか。せめて、故郷に戻ったらどうだ、とうながしていたら。

それができなかったから、猪子石は青児に借金の山を押しつけたのか。

そして——たったそれだけのことに気づくのに、ついに一年もかかってしまったのか。

（けれど……猪子石も、俺のことはわかってなかったんだな）

青児にとって、神奈川県のあの港町は〈帰る場所〉ではなかったのだ。疎まれて、罵られて、厄介払いされて――逃げるためにこの東京に来たのだから。

(結局、他人同士だったんだよな)

けれど――友だちだったのだ、それでも。

わからないのは、しょせん他人だからで、けれど他人だからこそ一緒にいたのだ。

訊けばよかった。言えばよかった。

今できるのは、ただ死んで欲しくなかったと嘆くことだけだ。

それでも。

「……なら、乃村さんは死なないでください」

言った途端、声が湿ってしまったのに気がついた。とっさに奥歯を嚙みしめてから、

「俺が俺じゃなかったら――きっと乃村さんだったら、猪子石を死なせずにすんだんです。それなら俺よりも乃村さんは生きてください。他人の気持ちのわかる人が自分の気持ちを無視しないでください」

震える声で言って「お願いします」と頭を下げた。

それきり沈黙が落ちた。

――長い長い沈黙だった。

いつの間にか、目の前には乃村さんが座りこんでいて、子供のように膝を抱えながら、ぼんやりと青児を見ていた。嘲るのでも、責めるのでも、怒るのでもなく――ただ、疲れたように。

「……本当は、アナタの告白を聞いた時にわかってたんです」

ぽつりと呟いた顔は、笑っているようにも泣いているようにも見えて。

「私も、生きてるフリをして、逃げてるのと同じだったんですね。私の場合は、頑張っているフリをして、逃げることから逃げてしまったんです。それじゃあ、どんなに頑張っても、結局、自分を見捨ててるのと同じだったのに」

ぽつぽつとこぼれ落ちた言葉は、涙のようだった。

——けれど。

「だから、死ぬのはやめて、殺すことにします」

「え？」

聞き間違いかと思った。

それぐらい脈絡のない言葉だったから。けれど乃村さんは、青児が訊き返すよりも先に「部屋に戻りますね」と立ち上がると、

「ちょ、待っ……」

呼び止める青児の声を振りきるように足を速め、それきり三号車へと通じる連結扉の向こうに消えてしまった。

（こ、殺すって、まさか）

執行人か、それとも篁さんのことだろうか。となると、爆発炎上オチ待ったなしだが。

いや、それよりも——。

(もしも皓さんか鵜ノ木さんか、他の誰かだとしたら)

考えた途端、ぞっと鳥肌が立つのがわかった。

──止めなければ。

しかし頼みの綱の皓少年は、今も二〇二号室に拘束されたままだ。かと言って、鵜ノ木さんを危険にさらせるはずもない。となると、どうにかしてこの手錠を──。

「い、づ！」

無理やり手首をひねった途端、焼けつくような痛みが走った。どうやら盛大に肌をすりむいたようだ。が、四の五の言える状況でもない。半泣きになりつつ、じりじり力をこめていくと、

「おや、よかった、無事でしたか」

「ええっ！」

現れたのは、なんと皓少年だった。

続いて、鳥栖青年。こちらは、ちらっと青児を横目で見ると、急ぎ足で連結扉をくぐり、三号車へと踏みこんでいく。まさか乃村さんのもとに向かったのだろうか。

「ど、どうしてここに……いや、それよりも」

たった今、二人は四号車につながった連結扉から現れたのだ。しかし、これまで二人がいたのは二〇二号室で、反対方向のはずなのに。

「じゃ、じゃあ、俺が気絶してる間に移動したってことですか？」

「いえ、違います。僕らは初めから六〇一号室にいたんですよ。それについては、おいおい説明しましょうか。今はまず——」

皓少年が取り出したのは、見覚えのない鍵束だった。どうやら鳥栖青年から手錠の鍵を渡されたらしい。鍵穴が二つあるダブルロックなのだ。

（い、一体、何がどうなって——いや、それよりも）

まずは——乃村さんだ。

ガチャン、と音を立てて手錠が外れる。案の定、皮がめくれて血が滲んでいたが、とりあえず痛みは無視して、皓少年と二人で連結扉をくぐる。

三号車の通路には、ちょうど前方車両から戻ってきたらしい篁さんの姿があった。早速、鳥栖青年の立会いのもと、マスターキーで解錠する。

三〇一号室——乃村さんの部屋のドアだ。

厭な予感がした。予感と緊張が、肺を押し潰していく。

と、カチン、と音と共にドアが開いて。

「……同じですね」

皓少年の呟きに、どくん、と心臓が大きく跳ねた。

——また、だ。

また、ドアの前には水溜まりがあった。そう、伍堂さんの消えた二〇一号室と同じように。そして——そこには、また誰もいなかったのだ。

「……そんな」

うめいた声は、かすれて震えていた。

恐怖が体温を奪ったのか、カチカチと奥歯が鳴るのを止められない。今、目の前にある現実が、青児には怖くて仕方なかった。

結論から言えば、三〇一号室から乃村さんはいなくなっていた。

また——消えてしまったのだ。

＊

物心ついた頃から、彼は餌係だった。

きっとそのためだけに、彼はこの家で生かされてきたのだ。なぜなら、たまに帰ってくる義理の父親が、黙って机の上に置いていくお金は、つねに餌代だけだったから。

壁紙の黄ばんだ家の中は、滅多に蛍光灯を替えないせいで、昼でもなお薄暗かった。壊れかけたエアコンの唸り声が、見知らぬ生物の咆哮のようで、その度に彼は二階に目をやることになった。

二階には、化け物がいる。

小学校の帰り道、コンビニに寄って総菜パンとオニギリを買い、二階のドアノブに袋ごとかけておくのが、餌係としての仕事だった。

けれど、やがて餌やりができなくなってしまった。

餌代がなくなったのだ。その頃から父親は、滅多に家に帰らなくなっていて、気まぐれのようにスーパーの袋が玄関のドアノブにかかっている他は、生きているかどうかも怪しかった。

だから彼は、父親の用意した餌を横取りして、自分のものにすることにしたのだ。

その頃には、朝起きることすら億劫になって、小学校に通うのを止めてしまっていた。ほとんど一日中、家の中でぼんやりと膝を抱えて過ごしていると、やがてベタベタになった髪が首に張りつき、長い間洗濯していないTシャツは、煮しめたような色合いに変わっていった。

そうしていると、自分こそが二階の化け物になった気がした。

そんな風に考えた時だけ、この家には彼の居場所ができた。家族に食事を与えられ、生かされている存在なのだと思うことができた。

けれど——ある夜、化け物が二階から下りてきたのだ。

しばらく風呂に入っていないらしい顔は、垢で黒くまだらに光って、埃と皮脂で固まった長髪が房になってオーバーサイズのパーカーを着た肩にかかっていた。

そうして彼は、自分が餌係だったことを思い出した。

——殺される、と思った。

――食われる、と思った。

だから。

〈腹減ってないか？〉

そう化け物に訊ねられた時、彼は首を縦に振って頷いた。そうか、と頷き返して、化け物は二階へと戻っていった。

――それだけだった。

そうして彼の兄は、二階で首を吊ったのだ。

＊

――あと四人だ。

いや、処刑対象である罪人に限るなら、探偵役の皓少年を除いて、残り三人か。

〈終着駅に着いた時点で、処刑対象である罪人が二人以上生存していれば、探偵役である皓様の勝利となります。しかし、もしも生存者が一人、あるいはそれ以下だった場合には敗北となりますので、あしからずご了承ください〉

篁さんから聞いた探偵役の勝利条件を反芻する。

青児の他に、蓄音機に告発された乗客は、残り二人。二分の一の確率で執行人であることを考えれば、守るべき対象は、実質一人きりだ。

そして、おそらくその一人が死亡した時点で、皓少年の敗北は決定してしまう。

——もう後がない。

いや、そんなことより、何よりもまずは——。

(一体、なにがゲームだよ)

一晩の内に、これほどの人が消えたり殺されたりして、果し合いも何もあるものか。

たしかに唾棄すべき罪人ではあるのだろう、青児も含めて。さらに言えば、罪を告白して償うという選択が許されてもいる。

それでも、これは——ヒトデナシの、鬼の所業だ。

そんなことを考えている内に、ふと思った。

(荊さんや皓さんにとって、これは死を賭けたゲームなんだろうけど、荊さんの代理人だっていう執行人にとって、今夜のことには、一体、何の意味があるんだろうか)

と、そこで。

「さて、そろそろ青児さんにも説明しましょうか」

そんな皓少年の一声で、はっと青児は我に返った。

場所は、鳥栖青年にあてがわれた二〇二号室だった。あれから、乃村さんの消えた三〇一号室を徹底的に調べたものの、結局、何一つ手がかりはつかめなかった。

そうこうする内に、鳥栖青年の体調が目に見えて悪化したので、こうして緊急避難した次第である。とは言え、医薬品の類があるわけでもない。せめてベッドで横になったら——と勧めたものの、きっぱり断られてしまった。

水を飲めば多少はマシになる気もするが、毒入りの可能性もある以上、口にするつもりはないようだ。もはやお手上げとしか言いようがない。

そして、今。

「さっき僕らが三〇一号室に駆けつけたのは、乃村さんと青児さんの会話を鳥栖さんに聞いてもらったからなんですね」

そんな風にして皓少年は切り出した。

「え、じゃあ、鳥栖さんにコレのことを打ち明けたんですか？」

慌てて言いつつ、青児が懐から取り出したのは、小型のトランシーバーだった。

そう、これこそが〈結界対策〉として皓少年の用意した奥の手なのだ。

外界との通信が遮断される結界内では、スマホが圏外になる。けれど、送信出力を抑えたトランシーバーなら、中継器を経由しないため、結界内でも使用可能だ。

さらに青児は、カフス型のイヤホンを装着することで、誰にも悟られずに皓少年の指示を聞くこともできる。

〈もしも起きていたら、窓の外を見てください〉

ライブラリーで意識を取り戻した際に、皓少年の声が聞こえたのは、つまりそういうことなのだ。が、それを鳥栖青年にバラしたとなると——。

「あの……鳥栖さんって、信用して大丈夫なんですか？」

なにせ正真正銘の偽探偵だ。さらに青児は、殺人の濡れ衣を着せられた上、絞め技で気絶させられている。この恨みはらさでおくべきか、と言いたいところだが。

「実は、鳥栖さんは現職の刑事みたいなんですね。それも警視庁捜査一課の」

「……は？」

いや、待て。

ちょっと待った、なんだその驚きの新事実は。

「う、嘘ですよね？」

「いえ、本当です。とは言え、警察手帳は今手元にないようなんですが——」

言いつつ皓少年は、懐から一枚の名刺を取り出した。どうやら鳥栖青年から預かった凜堂探偵社の名刺のようだ。

「まずは棘さんの名刺が、偽造ではなくて本物だったことです。完全紹介制である以上、本物の名刺を入手できる人物は、ごく限られているんですね。一つは、事件関係者とその依頼人。もう一つが、普段から協力関係にある警察関係者です」

なるほど、と青児は頷いた。

その二択なら、たしかに事件関係者の線は薄そうに思える。罪人に対して、雀の涙ほどの情け容赦もない棘なのだ。事件関係者として目の前に現れた地獄堕ち候補者をみすみす見逃すはずもない。となると、得意先である警視庁に差し出した名刺の一枚が、巡り巡って鳥栖青年の手に渡ったわけか。

「最大の決め手になったのは、青児さんを拘束した手錠に旭日章が入っていたことです。つまりレプリカでなしに本物なんですよ。もっとも、あんな体術を見せられた時点で、だいぶ疑わしくはあるんですが」

と、無性に気になった青児は、ソファでぐったりしている鳥栖青年に向かって、

「あの、すみません……鳥栖さんって今いくつですか？」

「三十一歳」

……童顔すぎるのも、ここまで来ると詐欺の一種だ。

「けど、執行人じゃないなら、どうして探偵なんて名乗ったんですか？」

そう続けて青児が訊ねると、

「探偵役が一番乗客をコントロールしやすいと思ったんだよ。だから、正体を隠した執行人が、探偵役に名乗り出る可能性が高いと踏んだんだ……現に一番怪しい君たちが探偵役だったしね」

と、背中を丸めてゲホゴホと激しく咳きこみ出した。いよいよ具合が悪そうだ。

が——これだけは、絶対に言わなければ。

「俺たちは、執行人じゃありません」

「けれど俺は、伍堂さんを殺すことができたのは、君しかいないと思ってる——たとえ

君が、石塚さんを殺した犯人じゃなくても」

え、と青児は瞬きをした。

「い、石塚さんを殺したのが、俺じゃないって――」

面食らった青児に、鳥栖青年はあっさりと頷き返してみせて、

「うん、君じゃない。遺体を見る限り、石塚さんの頭を撃ったのは、もっと口径の小さな銃だ。それこそゼロ距離から撃たないと頭も吹き飛ばせないような……それに、犯行現場に呼び出された犯人が、のんきに凶器を持ったままなのも不自然だしね。となると、君に疑いの目を向けさせたい別の誰かが、あえて銃を使用したんだろう」

「じゃ、じゃあ、その誰かっていうのは――」

言いかけて、はっと青児は我に返った。今さら考えるまでもない。もはや犯人候補はたった二人なのだ。もしも鳥栖青年が執行人でないのなら、消去法で――。

「……鵺ノ木さん、なんですか？」

声を震わせて訊ねた青児に、横で皓少年がこくりと頷く。

「ええ、鵺ノ木さんです。実のところ、石塚さんの現場を見た時点で、僕も鳥栖さんも、彼女が犯人だって気づいてたんですね」

「……は？」

思わず、鳩が豆鉄砲を食らった顔をしてしまった。

と、人差し指を立てた皓少年は、物分かりのよろしくない飼い犬をなだめる口調で、

「まずは、犯行現場となった六〇一号室に、本来あるべき血痕がなかったことですね」

説明を拝聴しつつ、青児は記憶をたぐり寄せた。

そう、当時――石塚氏はガラスの破片で右手に怪我を負っていた。そのため、食堂車から六〇一号室へと至る通路には、ぽつぽつと一定間隔で血の痕が残っていたのだ。

なのに現場となった六〇一号室は、ドア前の寄木細工のフローリングの部分を始め、その奥に広がった絨毯にも、一切、血痕が見当たらなかったのだ。加えて、石塚氏の遺体が倒れていたのは部屋の中央で、ハンカチなどで止血した形跡もないとなると――。

「本来なら六〇一号室の床には、石塚さんの歩いた道筋通りに、ぽつぽつと血痕が残っているはずなんですね。けれど、それがない。となると、第一の可能性として、石塚さんの死後、犯人が床の血痕を拭い取ったと考えられます」

しかし、と皓少年は言葉を継いで、

「あれほど綺麗に血痕が拭い去られていたということは、裏を返せば、石塚さんは絨毯の上を歩いていないことになります。つまり、ドアをくぐった直後に――絨毯の手前にあるフローリングの床の上で、石塚さんは事切れたんですね」

「え」

たしかに――現場に敷かれた絨毯は、ただでさえ汚れの目立つ象牙色だ。

もしも石塚氏が、手の平から血をポタポタ滴らせつつ、絨毯の上を歩き回ったなら、まっさらな状態に戻すのは不可能だろう。となると、犯人が血を拭うことのできる範囲は、その手前のフローリング部分までだ。けれど――。

「じゃ、じゃあ、石塚さんの遺体は、どうしてあの位置に」

「犯人の手で、死後に移動させられたんですよ。つまり、傷口からの出血が止まった頃を見はからって、遺体を部屋の中央まで引きずっていったんですね」

はて、なんのために。

「犯行のタイミングを誤魔化すためです。血痕と遺体の位置がそのままだと、食堂車から六〇一号室に戻った直後のタイミングで犯人に襲われたと一目でわかってしまいますからね。そうなると困る人物が、乗客に一人だけいるんですよ」

「え、だ、誰……って、あ！」

一拍遅れて、はっと青児も思い至った。

当時、錯乱した石塚氏が食堂車を飛び出したのは、鵜ノ木さんに付き添った乃村さんが、食堂車に戻ってきた直後だったのだ。

つまり、鵜ノ木さん以外の全員が、食堂車に居合わせたことになる。となると犯人は、消去法で鵜ノ木さん一人きりだ――が、しかし。

「け、けど、じゃあ鵜ノ木さんは、どうやって石塚さんの部屋に入ったんですか？」

結局、問題はそこなのだ。

当時、六〇一号室は鍵（かぎ）のかかった密室だった。その中に侵入して石塚氏を殺すのは、常識的に考えて不可能なはずなのに。

「あ、そうだ。通路で待ち伏せして、石塚さんがドアを開けた瞬間に、背後から襲いかかった……とか？」

「六号車の通路に人の隠れられそうな遮蔽物はありません。それに鵜ノ木さんは、ごく標準的な体型の女子高生です。不意打ちとはいえ、大の男を力任せで襲撃するのは、リスクが高すぎますね」

なるほど——それに、少しでも揉み合いになれば、後ろから追ってきた鳥栖青年と皓少年に目撃されてしまう危険もある。

「じゃあ、あの、一体どうやって——」

「石塚さんが六〇一号室に戻った時、鵜ノ木さんはすでに室内で待ち伏せしていたんですよ。食堂車に仕掛けた盗聴器のお陰で、石塚さんの戻ってくるタイミングは丸わかりでしたからね。そうして石塚さんが入室した直後に、注射器を手に襲いかかったんです」

「……は？」

いやいや、そんな馬鹿な！

「ま、待ってください！　六〇一号室の鍵は、石塚さんが持ってたんですよね？　それなら、どうして鵜ノ木さんが、先に六〇一号室に入って待ち伏せできるんですか！」

「ヒントは、石塚さんのスーツのポケットから見つかった鍵に、少しの汚れもなかったことです」

そう、たしかに。血まみれの手で握ったにもかかわらず、六〇一号室の鍵は汚れ一つなく綺麗なままだったのだ。

「二つ目のヒントは、二〇一号室の鍵がなくなっていることですね。二〇一号室を調べた時、ジャケットのポケットに鍵があったのを覚えてますか?」

「はい。それで、クローゼットにかかってたのを加賀沼さんが床に……って、ああ!」

そうだ、思い出した。あのジャケットは、鵜ノ木さんの手で拾われて、クローゼットに戻されたのだった。

「そう、その時に鵜ノ木さんは、二〇一号室の鍵を入手したんですね。そして次に、客室の点検をした場面で、石塚さんの鍵の在り処がスーツのポケットなのを把握したんです。そして、ラウンジ車でスモークマシンを起動させると、煙で場が混乱している中、石塚さんのスーツのポケットを探って、六〇一号室の鍵と二〇一号室の鍵をすり替えたんですね……加賀沼さんは、そのついでに殺されたとも言えます」

「つ、ついでにって」

一瞬、頭の中が真っ白になった――が、なんとか眩暈を振り払って、

「け、けど、そんなの、すぐにバレるんじゃ……だってコルクタグに部屋番号がついてるのに」

「ちぎり取ったんですよ。他はリボンの色までそっくりなんですから」

例によって、事もなげに皓少年が言い放った。

「だからこそ二〇一号室の鍵は、元の場所に戻せなかったんですね。ただでさえ、石塚

さんが手に怪我をしたせいで、血まみれになってしまいましたし……今頃、排水口にでも捨てられてるんじゃないかと」

と、はっと気づいた青児は、けど、と横から口を挟んだ。

「じゃあ、石塚さんが六〇一号室に戻った時、ポケットの鍵は二〇一号室のものにすり替えられてたんですよね？　それなら、そもそもドアを開けられないんじゃ――」

「いいところに気づきましたね、青児さんなのに」

と言った皓少年が、よしよし、と青児の頭を撫でる。

……うむ、お約束すぎて、もはやツッコミを入れる場面でもない。

「正直、なんてことはありません。石塚さんがドアを開けるタイミングにあわせて、鵜ノ木さんが内側から解錠したんですよ」

なるほど、と思った。客室のドアには、ドアスコープがついている。それを覗きながら、石塚氏が鍵をかざすタイミングを見計らって、サムターンを回せばいいのか。

そして。

「……じゃあ、本当に鵜ノ木さんなんですね」

うめくように呟いた青児に、皓少年は静かに一つ頷き返して、

「ええ、その通りです。それで鳥栖さんは、鵜ノ木さんを加えた僕たち三人が、執行人だと判断したんですね。だから僕と青児さんの身柄を拘束しつつ、安全確保という名目で、鵜ノ木さんの客室と所持品を徹底的に調べ上げたわけです――けれど、何も発見で

きませんでした」

な、なるほど。つまり拳銃などは、すでに処分されてしまった後なのだろうか。

と、そこではたと思い当たって、

「あ、あの、そう言えば、鵜ノ木さんは今どこに？」

「六〇二号室の中ですね。乃村さんの部屋に駆けつける際、鳥栖さんが外からレバーの下に椅子をかませてきたので、出られないままだと思います」

……なるほど、すでに隔離済みなわけか。

しかし、それ以前の時間帯は、鳥栖青年の監視下にあった皓少年や、ライブラリーで手錠につながれていた青児と違って、鵜ノ木さんは六〇二号室から出入り自由だったことになる。

となると、やはり乃村さんも鵜ノ木さんが――と思いきや。

「それなんですが――」

と珍しく皓少年が口ごもって、

「乃村さんと鵜ノ木さんを客室に送り届けた後、僕ら二人は、二〇二号室で取り調べをすると見せかけて、六〇一号室で通路を見張っていたんですね。鵜ノ木さんが車内を移動するには、必ず六〇一号室の前を通る必要がありますから」

そうか、と青児は頷いた。それで先ほどライブラリーで列車後方の連結扉から現れたわけだ。

と、しかし、と皓少年は首をひねって、

「結論を言うと、鵜ノ木さんの姿は一度も見かけませんでした。つまり乃村さんが三〇一号室から消えた際、鵜ノ木さんは六号車から移動していないことになります」

そんな、と否定しようとして声にならなかった。なにせ見張り役は、皓少年と鳥栖青年の二人なのだ。これ以上、鉄壁のアリバイもない。

「また、伍堂さんが二〇一号室から消えた際も、鵜ノ木さんは食堂車のテーブルに在席していました。つまり二つの消失事件において、鵜ノ木さんはどちらもアリバイがあることになります」

と言った皓少年は、眉をひそめつつ腕組みして、

「問題は、依然としてこの点に立ち返ってくるんですね。伍堂さんと乃村さんの二人は、どうして姿を消したのか。もしも執行人の仕業なら、どうやって二人を消したのか」

そう、問題はそこなのだ。

それがわからない以上、たった今、ぱっと目の前から鳥栖青年が消えてしまう事態だってありえる。そして、それを阻止するには――。

「あの、鳥栖さん。今から篁さんを呼んで、罪を告白したりなんかは」

「……しないね。そもそも無事に解放される保証がない」

いや、たしかにその通りだが。

「け、けど、今はまず、生還の可能性を少しでも――」

「いや、正直に言うと、もともと俺一人なら生きて帰るつもりもないんだ。そろそろ死ぬ予定だったしね」

「え」

捨て鉢——には見えなかった。淡々とした声には、無視できない真実味がある。

と、脳裏に鳥栖青年の声がよみがえった。

〈だと思うよ。享年ももう決まってる〉

まさかあれが、質の悪い冗談でないとすれば。

「ど、どうして」

「……兄が死んだのが三十一歳だったんだ」

虚ろな声だ。息を吐いて吸いこむだけでも、苦しげに聞こえる。発熱しているせいか、いよいよ意識も危うそうだ。

かくなる上は、無理やり口に水を流し入れるか、ベッドに紐でくくりつけるか、とつらつら青児が考えていると、

「……では、アナタが〈六人目〉の罪人なんですね」

顔を覗きこんで訊ねた皓少年に、わずかに顎を引いて鳥栖青年が頷いた。

〈ええと、たしか六人目は——〉

と青児がおぼろげな記憶をたぐっている内に、懐から手帳を取り出した皓少年が、さっと万年筆を走らせた。蓄音機の告発した罪状と、その乗客のリストだ。

邪（よこしま）な心から大金を我が物とした罪——油坊主——伍堂研司
妊婦を殺し、生まれる子から母を奪った罪——夜泣き石——加賀沼敦史
嵐の夜、妻を溺（おぼ）れ死にさせた罪——小豆洗い——石塚文武
妬（ねた）んだ者を死に至らしめた罪
告げ口によって人死（ひとじに）を招いた罪
兄の人生を奪った罪——孤者異（こわい）——鳥栖二三彦
友の亡骸（なきがら）を朽ちるままに捨て置いた罪——以津真天（いつまで）——遠野青児

残された罪状は二つ。

おそらく乃村さんの罪は〈妬んだ者を死に至らしめた罪〉だろう。

〈妬んだのが悪いんですか！〉

耳の奥で、乃村さんの叫び声がよみがえる。憤怒（ふんぬ）や怨嗟（えんさ）のこもった声は、周囲に対する負の感情で溢（あふ）れていた。それでいて、誰よりも助けを求めていたのに。

と、下唇を噛（か）んだ青児をよそに、再び手帳を手元に引き寄せた皓少年は、さらさらと筆を滑らせて、

邪な心から大金を我が物とした罪——油坊主——伍堂研司

妊婦を殺し、生まれる子から母を奪った罪——夜泣き石——加賀沼敦史
嵐の夜、妻を溺れ死にさせた罪——小豆洗い——石塚文武
妬んだ者を死に至らしめた罪——枕返し——乃村汐里
告げ口によって人死を招いた罪
兄の人生を奪った罪——狐者異——鳥栖二三彦
友の亡骸を朽ちるままに捨て置いた罪——以津真天——遠野青児

となると、消去法で鵺ノ木さんは——。

告げ口によって人死を招いた罪——しょうけら——鵺ノ木真生

うむ、これでようやく乗客全員の罪状が判明したわけだ。が、正体不明の妖怪(ようかい)が、未(いま)だ一匹いるのが気になるのだが。

「ええと、〈狐者異〉っていうのは——」

「江戸時代の奇談集〈絵本百物語〉に描かれた妖怪ですね。生前、他人の食べ物を奪っていた者が死後に変じた姿です。店を襲い、ゴミを漁(あさ)って、それでもなお飢えに苦しみ続けるんですよ」

「じ、地味に嫌ですね、それ」

何より――つらい。

それが一体どんな罪なのか見当もつかないが、〈狐者異〉という妖怪が、死後もなお苦しみ続けているのなら――もしかすると鳥栖青年自身も、何らかの苦しみの渦中にいるのだろうか。

〈いや、正直に言うと、もともと俺一人なら生きて帰るつもりもないんだ。そろそろ死ぬ予定だったしね〉

もしかすると、その苦しみこそが、あの言葉につながるのかもしれない。

（いや、けど――なにも〈狐者異〉だけじゃないか）

亡霊になってなお〈油かえそう、油かえそう〉と悪行を悔い続けている〈油坊主〉。

加えて、たしか〈夜泣き石〉も賊に斬り殺された母親の怨念によるものだったはずだ。

（それに〈小豆洗い〉は川に落ちて死んだ人の霊で、〈枕返し〉も、正体は金を奪われたあげくに殺された旅人だって聞いたような……あれ？）

頭の隅で何かが引っかかるのを感じた。まさに今、何か途轍もないものに気づきかけているような。

――思えば。

前にも一度、こんな風に引っかかりを覚えたことがあった。ちくりと記憶を刺激する既視感が。

（ああ、そうだ。たしかあれは、伍堂さんの部屋で――）

ドア前に広がった水溜まりを見た時だ。過去に、どこかで同じ光景を目にしたような。

（そう……人、が、消えて……水が……）

その直後だった。

まさか、と一つの可能性に思い至った。一気に室温が下がった気がして、指先まで冷えきった体が、小刻みに震え始める。

そんな馬鹿な、と否定しようとしてできなかった。これまで頭の端々に散らかっていた情報の断片が、パズルのピースをはめるように、次々と辻褄を合わせていく──合わさってしまう。

そして一つの答えが出た。

「……あの、皓さん」

そう呼びかけようとして、声が出てこなかった。音を立てて唾を呑みこむと、凍えたようにもつれる舌を無理やり動かして、

「あの、すみません……伍堂さんを消した犯人がわかりました」

「おや、一体、どなたです？」

「たぶん俺です」

「……………はい？」

皓少年の顔に、初めて目にする表情が浮かんだ。鳩が豆鉄砲を食らったような。

と、コホン、と誤魔化すように咳払いをして、

「落ち着いて、一から説明してもらっていいですか？」

なだめるように促され、勢いこんで口を開いた青児が、どうにかこうにか説明を終えると——やがて皓少年もまた、同じ結論に達したようで、

「……ああ、なるほど」

ぽつりと呟いて、ゆらりと持ち上げた手で口元を覆った。

「ああ、じゃあ、この列車は——まさに〈銀河鉄道の夜〉なんですね」

うわごとのように呟いた、その一瞬後だった。

——ごとん、と音がした。

見ると、鳥栖青年の体がソファから滑り落ちている。受け身も取らずに床に叩きつけられたのだ。それこそ死体のように。

「だ、大丈夫ですか」

慌てて駆け寄って肩をつかむ。途端にぎょっとした。

厚手のパーカー越しにもかかわらず、その体は怖いほど熱かった。じっとりと汗ばんだ肌の熱が手の平から伝わってくる。果たして、この症状は——本当にただの風邪なのだろうか。

と、ぞわり、と予感と悪寒が、同時に背筋を這い上ったところで、

「……やはり、ただの風邪じゃありませんね」

青児の心の声を読んだように皓少年がそう呟いた。

やおら立ち上がると、迷いのない足取りでサニタリールームへと向かっていく。しかし、肝心の鳥栖青年は、背後に放置したままだ。

「いや、あの、ちょっと」

と青児が呼び止めようとした、その時。

――音が、した。

電話の音だ。不吉そのものの呼び出し音が、凍りついた空気を震わせている。

（一体、誰が？）

恐る恐る電話機に近づいた青児は、ナンバーディスプレイを覗（のぞ）きこんで、ぎょっと息を呑んだ。

六〇二号室――鵜ノ木さんだ。

〈こんばんは〉

スピーカーモードに切り替えて受話器を取ると、早速、朗らかな声が聞こえてきた。

声は、たしかに鵜ノ木さんのものだ。なのに受ける印象が一変している。

とは言え、冷酷でも、無慈悲でもない。ただ淡く微笑して囁（ささや）きかけるような――そう、荊とそっくり同じだ。

「鳥栖さんの具合はどうですか？　毒を呑んでからずいぶん経つので、そろそろじゃないかと」

毒、とおうむ返しに言葉を舌の上で転がすと、

「リシンです。ディナーの終わりにコーヒーを出された時、鳥栖さんのスティックシュガーを毒入りのものにすり替えたんですよ」

一瞬、呼吸が止まった気がした。

ぞわっと背筋を怖気が撫でる。思い出したのは、ディナーの始まる前の一幕だ。

〈よかったら西條さんの向かいに座ってもいいですか？〉

そう、皓少年の向かいの席は、鳥栖青年の隣なのだ。あの時、鳥栖青年を毒殺する目的で、青児と席を入れ替わったのだとすれば——。

「だから、鳥栖さんのスティックシュガーを、遠野さんが落っことした時はぎょっとしました。けど、中毒症状が出てるってことは、ちゃんと呑んでくれたんですね」

「しょ、症状って」

「激しい咳、発熱、関節痛……風邪の症状と似てるので、鳥栖さん本人も気づかなかったと思います。けれどその裏で、肝臓、腎臓、膵臓、と徐々に機能不全を起こしてるんですね」

頭が、横から殴られたように真っ白になった。

見えない手が喉にかかって、じわじわと気管を絞め上げられる。

では——傍目には風邪のようにしか見えない今も、鳥栖青年は死にかけているのか。

(げ、解毒するには)

と、青児の考えを読んだように、鵜ノ木さんがくすくすと笑って、

「残念ですけど、鳥栖さんはすでに死んでるんです。実はリシンには、解毒剤が存在しないんですね。予防用のワクチンならありますけど、あくまで事前の投与が必要ですから——つまり、後はただ死んでいくしかないわけです」

そんな、という言葉すら出てこなかった。

もしも鵜ノ木さんの話が本当なら、食後のコーヒーを口にした瞬間から、鳥栖青年は徐々に死につつあったことになる。そして、今まさに死のうとしているのだ。

と、いつの間にか横にいた皓少年が、青児の手から受話器を取って、

「……どうもわかりませんね」

怒りも憤りもなく、いっそ抑揚すらない声でそう切り出した。

「リシンという毒物は、致死性が非常に高い半面、即効性が低いんですね。直接体内に注射した場合でも、死亡するまでに三十六時間から七十二時間ほどかかります。つまり、この列車が終着駅に着くまでの間に、鳥栖さんが死亡する可能性は極めて低いんです」

〈ええ、そうです。さすが物知りですね〉

「終着駅に着いた時点で、処刑対象である罪人が二人以上生存していること——それが、探偵側の勝利条件だったはずです。それなら、鳥栖さんが生き残っている時点で、僕らの勝ちになります」

と言った皓少年に、鵜ノ木さんは含み笑いの滲(にじ)んだ声で、

「そもそも、前提が間違ってるんですね」

と言い放った。

「今夜、この列車に乗っている七人の罪人のうち五人は、初めから死んでいるんです。だから、勝利条件を満たすのに必要な〈生存者〉は、実は執行人である私と遠野さんの二人きりなんですね。私たち二人のうちどちらかが死亡した時点で、探偵役の敗北が決定するんです」

どくり、と恐怖が脈打つのがわかった。

胸の奥で疼いていた予感が、確信へと変わっていく。やはり、先ほど気づいた通りだったのだ。伍堂研司、鳥栖二三彦、乃村汐里、石塚文武、加賀沼敦史、この五人の乗客たちは――。

「そう、他の全員が――今夜、この列車のためによみがえった死者なんです」

そして執行人の少女は、声だけで微笑った。さながら白髪の鬼と同じように。

――もしかすると、嗤ったのかもしれない。

＊

列車は、夜の中を走り続けている。

タタン、タタン、と聞こえる車輪の振動が、まるで心音のようだ。もはや音として気にとめることもなく、それでいて途切れることもない。

時刻は、午前五時。夜明けまで、あと一時間だ。

と、不意に車窓が明るくなったかと思うと、さっと差しこんだ白光が目の前に存在する人物の姿を照らし出した。

――鵜ノ木さんだ。

どうやら、どこかの駅を通過したらしい。しかしホームの駅名板を確かめる間もなく、車窓は再び闇に呑まれていく。夜霧が晴れてなお、世界は未だに夜のままだ。

「部屋から出してもらって、本当にありがとうございました。私としては、あのままの方が都合がよかったんですけど、やっぱり物足りませんもんね。せっかく夜明けまでまだ時間があるのに」

囁くように言う。

場所は、未だ絨毯にワインの染みが残った食堂車だ。白一色のテーブルを挟んで、鵜ノ木さんが青児たちと向かい合っている。早起きし過ぎた旅行者たちが、朝食の始まりを待つように。

と、ふふふ、と微笑って、

「念のため言っておきますけど、私を縛って拘束するのはナシですよ。なにせ、それが今夜の約束事ですから。山本・神野の両一派は、互いに危害を加えてはならない――腕ずくで押さえつけようとした時点で、違反行為です」

「さすが荊さんの代理人ですね。この果し合い自体が詐欺同然でしょうに、よくもまあ、ぬけぬけと」

辛辣に言い捨てた皓少年に、鵜ノ木さんが笑みを深める。その手が、コトン、とスマホケースを置いた。かなり大きなサイズの手帳型だ。

「ところで、西條さんたちは、一体いつ気づいたんです？」

「初めに気づいたのは、僕ではなく青児さんでした。ヒントになったのは、照魔鏡の目に映った妖怪たちです。油坊主、孤者異、枕返し、小豆洗い、夜泣き石――そのすべてが〈死後に人が妖怪に変じたもの〉だったんですよ。共通点として、彼らは一度死んでいるんです」

そう、その通りなのだ。

油を盗んだ修行僧が、病没して霊となった〈油坊主〉。

金を奪われて殺された旅人が、死後に化け物化した〈孤者異〉。

他人の食べ物を奪った者が、化けて出たという〈枕返し〉。

水に落ちて死んだ者の霊が、その正体として伝えられる〈小豆洗い〉。

斬り殺された者の怨念が取り憑いたという〈夜泣き石〉。

どの罪も、病気や事故、殺人によって、かつて命を失った妖怪ばかりなのだ。もしも、それが罪人の存在そのものを反映した結果とすれば、全員が一度死んでいることになる。

加えて、気づくきっかけになったのが――。

「四ヶ月前、僕らは長崎の孤島で、そっくり同じ光景を目にしてるんです。反魂の術によってよみがえった兄の緋花が、水となって消えてしまう場面を」

骨から死者を復元する反魂の秘術——と聞いた気がする。古くは平安時代から伝わる術で、白骨化した死者の骸(むくろ)を集め、生前の体に復元するのだ。

一方、この秘術には一つの禁忌が存在する。それをあかしぬれば、つくりたる人も、つくられたる物もとけ失(う)せる——すなわち、死者にその名を告げることだ。

かつて弟である皓少年の前に現れた緋花は、記憶を改竄(かいざん)された上、自分のことを〈緋(あか)〉という名だと思いこんでいた。

そして、まったく同じことが、今夜この列車の中で起こったのだとすれば——。

「おそらく五人の乗客たち全員が、記憶を改竄された上で、本名とは別の名前を名乗っていたんです。そうして偽名を使っている内は、禁忌に触れる恐れもありませんからね。しかし偶然、青児さんに伍堂さんとの面識があったせいで——」

その先を皓少年は言わなかった。けれど、事実は変わらない。伍堂氏は、青児が本名を口にしたせいで、水となって消えてしまったのだ。

〈伍嶋青司さん！〉

と青児に呼ばれた伍堂氏は、直後に食堂車を後にしている。

体に異変が起こったのは、おそらく二〇一号室に戻ってからだ。突然、指先から透け始めた伍堂氏は、叫び声を上げつつ、助けを求めてドアへと駆け寄ったのだ。

しかし。

〈伍堂さん！　どうしたんですか！〉

悲鳴を聞きつけた青児がドアを叩いた時には、すでに水となって消えてしまっていたのだろう。つまり、ドアの前に広がっていた水溜まりそのものが、伍堂氏の成れの果てだったのだ。

と、ぐるりと胃袋の裏返るような吐き気に襲われた。

罪悪感――というよりも、今は恐怖が勝っている。なにせ、知らぬ間に人を水に変えてしまったのだ。それは、殺してしまったのと同じではないだろうか。

と、ぽんぽん、と皓少年が背中を叩いた。体温を分けようとするような、温かな手で。

そして鵜ノ木さんに向き直ると、

「言わば、この列車は〈銀河鉄道の夜〉そのものだったんですね」

独白のようにそう呟いた。

「宮沢賢治の綴ったあの童話は、主人公であるジョバンニ以外の乗客は、そのほとんどが死者だったんです。たとえば、沈没船の犠牲になった姉弟と家庭教師――そして、友人を助けようとして川で溺れ死んだカムパネルラです」

ああ、そうか、と青児は頷いた。

あの二人は、やはり二人旅を続けることはできなかったのか。

――けれど。

どこまでも一緒に行くことはできなくても――それでも、たしかに共にいたのだろう。

それこそ、列車に乗り合わせるようにして。たとえ束の間の夢にすぎなくても。

と、不意に皓少年が、薄刃のように目を細めて、

「伍堂さんの消失は、アナタにとって予想外だった半面、好都合でもあったんです。結果として鳥栖さんは、青児さんを疑うはめになりましたからね。そしてアナタは、あらかじめ車内に仕掛けておいたスモークマシンやレコードプレイヤーを使って一連の事件を思いついたんです」

聞いた瞬間、ぞっと背筋が粟立った。

(じゃあ、鵜ノ木さんは、あの事件を全部、即興で)

果たして可能なのか。いや、可能なのだ。なにせ凜堂荊の代理人なのだから。

と、そこで青児は、蒼ざめて震える唇を開いて、

「あの、じゃあ、乃村さんは――」

「ええ、私が消しました。彼女がアナタと別れて三〇一号室に戻った後、内線電話をかけたんです。と言っても、アナタと同じように本名を呼んだだけですけどね」

そんな、という声すら出てこなかった。

と、不意に。

「……しかし、どうもわかりませんね」

顎の下に手を当てて皓少年がそう言った。

「終着駅に着いた時点で、処刑対象である罪人が二人以上生存していること――それが

探偵側の勝利条件であり、かつ鵜ノ木さんと青児さんの二人の他は、はなから生存者に含まれていなかった、というのは理解しました。詭弁を弄した詐欺まがいの遣り口ですけどね」

しかし、と言葉を継ぐと、

「となると、他の五人の乗客については、生きていようが死んでいようが、それこそどうでもよかったことになります。それなら、どうしてアナタは彼らを処刑し続けたんでしょうか？」

そう訊ねた皓少年に、鵜ノ木さんは独白のように口を開いて、

「許せなかったんです。死んだくらいで罪から逃げることができるなんて、どうしても許せなかった。だから、執行人をやらせて欲しいと荊さんに頼んだんです」

声は淡々として、いっそ平坦にも聞こえた。なのに底の方には、わきたつような怒りの気配がある。

と、そこで皓少年が再び反駁して、

「しかし、彼ら全員が、すでに一度死んでいる身です。それも、おそらく病気や事故などで。その時点で、因果応報の報いはあった——罰を受けたと考えてしかるべきじゃないでしょうか」

「ええ、たしかに。悪因悪果、自業自得……全員、不幸になったみたいですね」

囀るように鵜ノ木さんは説明し始めた。

いわく――大金を持ち逃げした伍堂氏は、海外に高飛びしようとした矢先に病死。そして鳥栖青年は、かつて飢え死に寸前まで追いつめて自殺させた義理の兄の、その命日を選んで自殺。

石塚氏は、離婚協議中だった妻を、台風の夜に川に突き落として溺死させ、あげく酒浸りとなり、ついに自分も泥酔して川に落ちたそうだ。

「もしかすると〈シューベルトの子守唄〉に呼ばれたのかもしれません。久保正行という刑事さんから聞いたんですが、妊娠中だった奥さんが、よく口ずさんでいたそうなんですね。石塚さんは浮気を疑ってたみたいですけど、別れ話のきっかけになったのは、実は赤ん坊なんですよ。夫の暴言から子どもを守るために離婚を切り出したんです」

次々と飛びこんでくる情報に、ぐらぐらと頭が揺れるのを感じる。

〈そろそろ死ぬ予定だしね〉

鳥栖青年のあの言葉は、やはり本気だったのか。石塚氏にしても、妻子を殺した事実から逃げるように酒浸りになり、あげく同じ末路を辿ったなら――それはもう自殺と同じではないのだろうか。

「乃村さんの妬んだ同僚の死は、不幸な事故として処理されて、警察沙汰にもならなかったようです。ただ、さすがに働き続けるのは無理だったのか、直後に会社を辞めて、田舎に戻りました。けれど、家族と顔を合わせづらかったのか、ネットカフェを泊まり歩いている内に、強盗に殺されてしまったんですね」

頭を思いきり殴られた気がした。

〈体を壊して、仕事を辞めて、ギャンブルで借金まで作って——誰にも合わせる顔がなくて、それでも幼馴染のアナタに会いに行ったのなら、実家に帰るよう背中を押して欲しかったからに決まってますよね〉

あの言葉は、乃村さん自身の心情を吐露したものでもあったのか。殺人を犯して、職を失って、家族に合わせる顔がなくて——それでも帰りたがっていたのに。

そっと背中を押してくれる誰かの手を求めていたのに。

「加賀沼さんは、二十歳になった頃、喧嘩の末の傷害致死罪で、一度服役してるんですね。しかし実は、中学生の頃にも、ヒッタクリで妊婦さんを転ばせて、植物状態にしてるんです。そちらの事件は証拠不十分で不起訴になったんですけど、出所した後すぐに、復讐として遺族の手で殺されたようです」

まさか、と言おうとした矢先に、はたと思い当たった。思えば〈夜泣き石〉の伝承は、成長した赤ん坊が仇を討つ復讐譚でもあったのか。

〈もしもソイツが俺の殺したヤツだったら、死んだって赦せるはずがないんだから。謝ったって何したって、それですむ問題じゃねえんだよ〉

では、あの言葉の通りに——死んでも赦されなかったのだ。

——悲惨だ。

どれもこれも、悲惨すぎる。罪人として当然の末路だとしても、それでも——。

「しかし、それでもまだ足りない、とアナタは考えたわけですか。だから、執行人として彼らに罰を下したと。彼らの罪は、それほど重いものなんですか？」

そんな皓少年の問いかけにも、鵜ノ木さんの微笑は揺らがなかった。

「罪の重さというのは、一体、誰が量るんでしょうか。殺人や放火、強盗なんかは、たしかに罪が重いですよね。それなら、軽いと見なされた罪の犠牲者が、加害者の死を願ったら、そのくらいなら我慢しろってことですか？　罪に重い軽いがあっても、犠牲者の哀しみや怨みに重い軽いはないんですよ——誰にも量れるものじゃないんです」

と、すっと横滑りした鵜ノ木さんの視線が、青児の上でとまった。

「きっとアナタも、加賀沼さんの言う通り、犯した罪が軽かったからこそ、告白する気になったんですよね。けれど、猪子石さんの遺体を引き取った遺族は、もっと早く帰って来て欲しかったようですよ。〈死んでからもずっと一人きりだったなんて〉と泣いていたそうです」

一瞬、呼吸が止まった気がした。本当は、もっと早く気づくべきだったのだ。猪子石に帰りたい場所があったということは——帰りを待つ家族がいたということなのだから。

そして、彼らにとって青児のしたことは、きっと限りなく重い罪なのだ。

「……あ」

声が、出てこなかった。

と、ふいっと視線をそらした鵜ノ木さんが、皓少年に向き直って、

「善人にとっての、本当の幸いとは、悪人がこの世からいなくなることです。荊さんは、そのための力を貸してくれました。一人でも多くの化け物を地獄に堕としたいという私の願いを聞いて、罪人たちを罰してくれたんです」

そうして。

しばらく思考を巡らせたらしい皓少年は、ふうっと一つ息を吐いて、

「ああ、なるほど、ようやくわかりました。アナタの罪が〈しょうけら〉である、その理由が」

言いつつ、真っ向から鵜ノ木さんを見返した。

「〈しょうけら〉とは《画図百鬼夜行》にも描かれた妖怪で、道教の三尸とも同一視されます。三尸は、三尸虫とも言うんですね。庚申の夜に夜ごもりをせずに寝入ってしまうと、体内から這い出てきた三尸が、その宿主が過去に犯した罪状を天帝に報告するんです。そして天帝は、その罪科に従って罰を下すんですよ」

と、それを聞いた青児は、ふと何かが引っかかるのを感じた。

裁定者に罪状を告げる——その相手が、もしも皓や荊のような、現世に実在する鬼だとしたら、それはまるで——。

「アナタは、その目で暴いた罪人を荊さんに告げることで、地獄に堕としてきたんですね——青児さんと同じ、照魔鏡の目の持ち主として」

驚きで息が止まった。

と、鵜ノ木さんは、そっと顎を引いて頷(うなず)くと、

「ええ、その通りです。私も、遠野さんと同じ、〈地獄代行業〉の助手なんですよ」

＊

いつも自分は正しい側にいると信じていた。

――父と同じように。

警察官という肩書は、きっと仕事というよりも生きざまなのだ。

仕事一徹の父は、いつも一人娘の真生が寝ついた頃に帰宅した。家族として触れ合う時間はごくまれで、授業参観や運動会はおろか、旅行一つ共にしたことがない。

けれど父は、真生が悪さをするのを見ると、それがどんなに些細(ささい)なことでも厳しく叱ってくれた。父の中には悪いことと正しいことの区別がきちんとあって、子供だからと誤魔化すことは一切なかった。

――父になりたかった。

生まれつき照魔鏡の目の持ち主だった真生は、悪いことをした時点で人は〈人ではない何か〉になるのだと信じていて、それを退治するのが警察の役割だと思っていたから。

けれど。

〈真生ちゃんはお父さんに似て、正義感が強いね〉

〈さすが警察官の娘さんで、真面目ですね〉

周りの大人たちが褒めそやす言葉が、いつも母を不機嫌にさせた。愛想笑いで場をやり過ごし、帰宅して真生と二人きりになると、〈アンタが似るわけないでしょ〉と吐き捨てるのだ。

そして真生が合気道を習おうとすると、烈火のごとく反対し、父が一喝してもむすっと不機嫌に黙りこむばかりで、ついには家出するようになった。

〈警察官にだけはならないで〉

それが母の口癖だった。その度、警察官の妻としてこれまでに強いられた苦労を語り、それを理解しない真生はどれほど恩知らずか、怒りまかせにまくしたてるのだった。

――母になりたくなかった。

その母は、中学三年生の冬、生きたままガソリンの炎に焼かれて死んだ。

そもそもの原因は母の不倫だ。どうも母の家出先は、浮気相手の男性のもとだったようで、スモークフィルムを張ったワンボックスカーをホテル代わりにしていたようだ。

〈路上駐車の車が燃えている。中に人がいるようだ〉

そんな通報で消防車が駆けつけた時には、猛然と車内から炎が噴き出していた。

暖房のためにエンジンをかけっ放しにしたのか、もともと排ガスによって一酸化炭素中毒が起こったところに、何者かの手で車内にガソリンを撒かれたようだ。

意識不明のまま焼け死んだ不倫相手と違って、母の遺体には脱出しようとした形跡があった。開け放しのドアに向かってのばされた手。車の外へ這い出そうとして、力尽きたのだろうか。

父が逮捕されたのは、その十日後だ。

誤認逮捕だ、と真生にはわかった。なにせ真生の目に映った父は、人の姿のままだったから。なのに父は妻殺しの容疑を認め、真実を明かさないまま命を絶った。自殺してしまったのだ。

こぞって事件を報道したマスコミは、真生が父方の祖父のもとに身を寄せてなお、連日インターフォンを鳴らし続けた。そして、祖父もまた元警察官だったことが、世間の不興を買ったようだ。

差出人不明の脅迫状、非通知のイタズラ電話。郵便受けや玄関のドアには〈人殺し公務員〉と殴り書きされ、ゴミ集積所で出くわしただけの近所の男性に、唾を吐きかけられたこともある。

庭で飼われていた柴犬のダイフクは、無断で敷地に入りこんだ野次馬の一人に蹴られ、通行人の姿を見ただけで、怯えて鳴き騒ぐようになった。

以来、雨戸を閉じ切った二階の部屋で、真生と暮らすことになった。もともと老犬だったダイフクは、大好きな散歩にも出られないまま、半年も経たずに死んでしまった。

そして、ストレスが祟って祖父の持病が悪化した末に、見かねて駆けつけた親類の手で真生は追い出されるはめになった。疫病神、と面と向かって罵られた真生に、祖父は

「ごめんな」と涙ながらに謝った。

——アイツが、人殺しになったせいで。

違う、と真生は心の中で呟いた。

——この世の中が正しくなかったせいだ。

けれど、この先、警察官に採用される可能性を失った真生には、世にはびこる化け物たちを〈捕まえる〉道は残されていなかった。目をそらして〈逃げる〉か——あるいは〈殺す〉かだ。

そして、母方の親戚に引き取られて苗字を変えた真生は、彼らの援助で通信制の高校に進んだものの、ほとんど何をする気も起こらなかった。気がつくと真生は、渋谷や新宿といった繁華街を放浪し、日がな一日、化け物探しをするようになった。見つけると、尾行や待ち伏せで住所や勤務先を突き止め、個人情報を特定するのだ。そうして集まったリストは、瞬く間に百件近くにおよんだ。

——この世の中そのものが、まるで百鬼夜行だ。

しかし、リストが完成したところで、何ができるわけでもない。その一人一人を、刺して殴って、殺すところを想像する。発作的に実行しかける度、脳裏に「ごめんな」と謝る祖父の姿を思い浮かべた——耐えるしかなかった。

果たして、悪人を殺すことは、本当に悪なのだろうか。

父には、悪いことだと叱られるかもしれない。祖父は「ごめんな」と謝るのかもしれない。けれど、そんな二人の正しさを踏みにじったのは、絶望的に正しくないこの世の中なのだ。

それなら――みんな地獄に堕ちればいい。

〈誰か、この人たちを罰してください〉

怨みを、怒りを、憎しみをこめて、真生は化け物のリストをブログで公開した。けれど返ってくるのは、悪意と批判と嘲笑ばかりで、何度も何度も、削除や閉鎖をくり返すはめになった。

〈どうか、誰か、誰か――誰か〉

誰でもいい、たとえそれが人でなくても。

そして、ついに。

〈君の望みを叶える代わりに、その目の力を貸して欲しい〉

そう言って現れた白髪の鬼は、真生の代わりに百人の罪人たちを罰してくれた。先に命を落としてしまった、たった五人を除いて。

そうして彼の助手でいる限り、真生は正しい側にいることができた。

もはや真生は、警察官になりたいとは思わなかった。

――凜堂荊になりたかった。

＊

前々から疑ってはいたんです、と肩に白牡丹を咲かせて西條少年は言った。真っ白なテーブルを挟んで真生と向かい合いながら。

「思えばたしかに、長崎の孤島で起こった事件でも、〈照魔鏡の目の持ち主に、事件関係者の姿がどう映るか〉を踏まえた上で、犯行が計画されていました。つまり荊さんの側にも、照魔鏡の目の持ち主がいるのではないかと――」

そう言うと、記憶を思い起こすような薄目をして、

「繭花さんかとも思いましたが、荊さんの話を信じる限り、当時は面識がなかったらしいので」

「あんな人に助手がつとまるわけないじゃないですか」

自然と声が険しくなった。

三人目の照魔鏡の目の持ち主――浅香繭花。直接、面識があるわけではないけれど、その目の力を悪用して、強請りを働いていたと聞いている。さらに、荊の訪ねたその夜に自殺したと。

しょせん彼女もまた、死によって罰をまぬがれた罪人の一人だ。

「しかし罪人たちから大金を脅し取ったのが彼女だとすれば、死を賭けたゲームを強制

しているのがアナタです。さて、どんな違いがありますかね？」

囀るように西條少年が問いかける。

かっとなって怒鳴りつけそうになった。平静を取り戻すのにひと呼吸かかる。同時に、ひどく馬鹿らしくなった。こうして対話する必要など、本来はどこにもないはずなのに。

ただ、終わらせてしまえばいいのだ。

「……アナタとは、もう話すこともなさそうですね」

言いながら、あらかじめ手元に置いておいたスマホを取った。手帳型のカバーを外して、中身を剝き出しにする。

スライド式のグリップを下ろすと、トリガーが現れて小型の拳銃へと変化した。数年ほど前にアメリカで発売されたスマートフォン・ガンだ。ダミーのカメラもついているので、見た目からはまず見抜けない。手帳型のスマホケースで覆ってしまえば、なおさらだろう。

「なるほど、それが石塚さんの頭を撃った銃ですか。道理で、鳥栖さんも気づけないはずです」

いっそ感心した顔つきの西條少年の前で、黙ったまま銃口を側頭部に押し当てた。

荊にあてがわれたこの銃は、実は性能も構造もよくわかっていない。ただ、トリガーを引けば弾が出る——それさえわかれば充分だ。

「……やはり、夜明けまでに自殺するつもりなんですね」

溜息にのせて西條少年が呟いた。けれど、それもまた今さらだ。

「ついさっき西條さん自身が言っていた通りですよ。終着駅に着いた時点で、処刑対象である罪人が二人以上生存していること――それが探偵側の勝利条件です。そして、私と遠野さんの二人だけが該当者である以上、私が自殺した時点で、アナタたちの敗北が決まります」

そう、それこそが荊の目論見なのだ。

一方が、初めにルールの説明を行って、もう一方がそれを受諾すれば、たとえどれほど不公平なものでも、果し合いとして成立する。

そして一度交わされた約束は絶対だ。〈長谷雄草紙〉の主人公が、人生のすべてを賭けて朱雀門の鬼と双六勝負に挑んだように。

「つまりアナタは、今夜のこの勝負で荊さんを勝たせるためだけに命を捨てる――と、そういうことですか？」

「ええ、初めから荊さんとはそういう約束だったんです。私の望みは、百人の罪人たちを罰してもらうこと。その代償は、私自身でした」

荊はたしかに叶えてくれた。事故や自死などによって、地獄の裁きを下すよりも先に死んでしまった五人を除いて。

最後に、その五人を処刑したいと願ったのもまた真生だ。この手で、百鬼夜行を終わらせるために。

「……なるほど、よくわかりました」

と呟いて西條少年が静かに瞼を下ろした。白装束をまとった姿は、そうしていると、一見、本物の死体にも見える。

(――あれ?)

と、その一瞬、視界に引っかかるものがあった。耳朶にかかった黒髪から覗く、銀色の光。まさか、あれは――。

「本当に、よくわかりました。アナタが、どれほど愚かなことをしでかしたか」

え、と無意識に声が出た。

どんな意味か判断がつかない。単なる負け惜しみだろうか。けれど、無視できない予感のようなものが、真生の背筋を震わせた。まるで化け物よりも、もっと畏ろしい何かを前にしたように。

そこで、ようやく思い出した。今、目の前にいる死装束姿の少年もまた、地獄の鬼の一匹なのだ。

――ゆっくりと瞼が開く。

そして、昏夜よりも暗い双眸が、真生をとらえて、

「それでは、地獄に堕ちていただきましょう」

どこまでも皓い鬼の貌で嗤った。

＊

「先ほどの鵜ノ木さんの話には、いつくか矛盾点があるんですよ」

その声を聞いた瞬間、背筋が震えた。

白装束姿の少年は、相変わらず底の読めない微笑を浮かべている。けれど、怯えも恐れも、もはや真生には必要ないはずだった。引き金をひけば、それでおしまいなのだから――なのに。

「善人にとっての、本当の幸いとは、悪人がこの世からいなくなること。それがアナタの信条でしたね。けれど、それ自体が嘘なんですよ。他でもない、アナタ自身にとって」

え、と声が出た。それにかまわず西條少年は、ただ淡々と言葉を続けて、

「それは本来、世間の〈正しさ〉や〈善良さ〉を信じる人が口にすべき言葉です。けれどアナタは、欠片も信じちゃいないでしょう。なぜならアナタにとっての世間とは、お祖父様や愛犬に〈加害者の家族〉というレッテルを貼って、貶し、嘲り、責め、害し続けた存在でしかないからです」

図星を指された気がした。

そう、たしかに祖父の顔に唾を吐き、番犬のダイフクを蹴り上げたのは、化け物でも

なんでもない普通の人々だった。たとえ一人一人は罪人と呼べなくても、無数に集まった小さな悪意が人を殺すこともある——それが世間だ。

「この場合に正義というものは、しょせん悪意を隠すための仮面です。彼らの裡には、他者に対する怒りがあります。不満、苛立ち、焦り、孤独——鬱積した負の感情は、とにかく敵を見つけたがるんですよ。その矛先にいたのが〈犯罪者の家族〉であるアナタたちだったという、それだけの話です。アナタにとって世間とは、しょせんそんなものなんですよ」

そんな風に、西條少年は言葉を結んだ。

「しかし、人そのものの正しさを信じられないアナタが、世間の人々に本当の幸いをもたらすために罪人を罰し続けた——あまりに矛盾していますね。つまりアナタが罪人たちを罰し続けたのには、もっと別の理由があったんです」

邪気のない笑みは、だからこそ禍々しかった。闇色の双眸は、昏く深く、夜のように涯がない。

「さて、ここで気になるのは、妻殺しの罪を自供したはずのお父様が、最後まで人の姿のままだったことです。照魔鏡の力を絶対とするなら、お父様は冤罪になります」

何を今さら、と真生は思った。そんなこと、わざわざ口にするまでもないのに。

「それなら、一体全体どうしてお父様は自殺したんでしょうか。その理由をアナタはご存知ですか?」

え、と虚をつかれた声が出た。

息を吸って、吐いて、どうにか理屈らしきものを思い浮かべると、

「それは――きっと、身内である父に対し、警察が横暴な取り調べをして」

「では、どうしてアナタは、非人道的な取り調べをした〈犯人〉を捜さなかったんです？」

「――え」

「そもそも、お父様が冤罪だったなら、アナタのお母様とその不倫相手を殺した〈真犯人〉が存在するはずです。お父様に無実の罪をなすりつけ、のうのうと生きのびたヒトデナシが――アナタは、それが誰か突き止めたいと思わなかったんですか？」

ぐらっと空気がねじれて歪んだ気がした。

不吉な味のする唾液が、じわっと舌の上に広がる。まるで鉄錆を舐めたような味と臭い――いや、血だ。いつの間にか唇を嚙みしめていたらしい。

（早く――早く引き金をひかないと）

なのに、指先は痺れたように動かなかった。まるで蛇にらまれた蛙のようだ。

「おかしな話ですよね。誰よりも正義感が強く、行動力のあるアナタなら、当然、犯人捜しに乗り出すはずでしょう。なのにアナタは真犯人を野放しにし続けた――さて、どうしてでしょうか？」

ガチガチと奥歯が鳴り出すのがわかった。不安と恐れに喉を握り潰される。

と、なおも西條少年は、そんな真生に微笑みかけつつ、

「答えのヒントになったのは、ディナーの席で鵺ノ木さんに見せてもらった写真でした。おそらく鳥栖さんの毒入りスティックシュガーから僕の意識をそらすために、わざと飼い犬の写真を見せたんでしょうね——しかし、それがすっかり仇になってしまったわけです」

一体、何の話だろう、と真生は思った。

あの時、西條少年に見せたのは、窓辺のベッドに寝そべったダイフクが、大あくびしている一枚だ。両親が亡くなった後、祖父宅の二階で居候していた頃の写真。けれど、事件の手がかりになりそうなものなど、何一つとして——。

「フラッシュの反射光ですよ。強く光を焚きすぎたのか、金属の水入れに反射して、写真の一部が発光してしまってるんです。なのに、最もフラッシュを反射するはずの窓ガラスは、黒一色のまま何の影響もないんですね。つまり、あの窓ガラスは、黒い布や紙といった光を一切反射しない素材で、内側から目隠しされていることになります」

「け、けど、それは、庭に入りこんだ野次馬やマスコミに、外から覗かれないように」

「いえ、違います。ついさっき鵺ノ木さん自身が言ったんですよ。通行人に怯えるようになったダイフクは、雨戸を閉じきった二階の部屋で、鵺ノ木さんと暮らしていたと。つまり二階の窓は、もともと雨戸で隠されていたはずなんです。では、窓の目隠しには一体なんの意味があったんでしょうか」

と、そこで言葉を切った西條少年は、つと人差し指を持ち上げると、

「雨戸を閉じきって外が暗くなれば、手前の窓ガラスは鏡のように光を反射するようになります。ほら、あんな風に」

指差した先には、食堂車の車窓があった。

光も色もない闇一色の窓には、蒼白い亡霊と化した三人の姿が映っている。探偵と助手、そして〈しょうけら〉という妖怪の姿に変わった真生が。

「そう、つまり窓の目隠しは、妖怪と化したアナタの姿を隠すためのものだったんです。出会った頃の青児さんもそうですが、化け物に変わった自分の姿なんて、とうてい直視できるものじゃありませんからね。窓に目隠しをすることで、自分の犯した罪から目をそむけようとしたんですよ」

と言った西條少年は、ところで、と続けつつ小首を傾げて、

「当時、アナタは一体、何の妖怪の姿をしていたんでしょうか？」

どくん、と心臓の鼓動が鳴った。

悲鳴一つ上げられないまま、真生は体を震わせる。車窓に映った化け物もまた、怯えているのがわかった。まるで夜明けの光に正体を暴かれようとしている、百鬼夜行の一匹のように。

「今、アナタの姿は〈しょうけら〉ですね。おそらく荊さんと二人で百人近い罪人を地獄に堕としたことで、その姿に変わったと考えられます。けれど、アナタが荊さんと出会ったのは、お祖父様の家から追い出されて後のはずです——つまり、あの写真を撮っ

た当時、アナタの姿は〈しょうけら〉ではなかった。もっと別の妖怪だったんですよ」

　ぐら、と視界が揺らぐのがわかった。同時に、車窓に映った化け物もまた、飴細工のように形を歪める——と、ごおっと地獄の業火が噴き上がるのが見えた。

（ああ、知ってる）

　この妖怪は、知っている——火車だ。〈宇治拾遺物語〉で語られる説話において、生きている罪人を燃え盛る火の車に乗せ、地獄へと送る鬼。

　そして、かつての真生の姿そのものだ。

「より重い罪を犯した時点で、照魔鏡の映し出す妖怪の姿は、さらに別のものへと上書きされます。つまりアナタは、荊さんに百人の罪人を記したリストを渡した時点で、〈しょうけら〉の姿に変わったんです。そして、お母様とその不倫相手が何者かの手によって焼き殺され、お父様がその罪をかぶって死んだ時に、初めて妖怪の姿になったんじゃないかと思います」

　——聞きたくなかった。

　今、引き金をひいてしまいたい。けれど、どうしても指が動かなかった。それでは、死んで逃げることになるからだ——今夜一晩のために骨からよみがえった五人の罪人たちと同じように。

　そして。

「これは、とある筋の警察関係者から聞いた話です。それによると、お父様はまったくの無根拠で逮捕されたわけでもなかったようですよ。現場近くの防犯カメラに映った不審車のナンバーが、有給休暇中だったお父様の車と一致したんです。つまりお父様は、事件当時、現場にいたことになります。そうして真犯人が誰か知った上で自殺したんです——さて、それが一体誰なのか、もはや考えるまでもないですね」

と、不意に。

ひら、と白いものが視界をよぎった。

（——雪？）

昏い夜空の広がった車窓の向こうで、白い雪が舞っている。

——ああ、そうだ、雪だ。

あの時も真生は、ガラス一枚越しに、はらはらと舞い落ちる雪を眺めていた。たしかあれは、後部座席のシートに携行缶のガソリンをかけ、震える指でマッチを擦って火をつけようとした時だ。

そう、あの時——真生は車の中にいたのだ。意識があるのかないのか、ぐったりとシートに横たわった母の隣で、寒さと恐怖に震えながら。

そうだ、あれは——無理心中だった。

路肩に積もった雪をマフラーに詰め、排ガスの一酸化炭素中毒によって二人の意識を奪ったところで、車の窓を割ってドアを開け、携行缶のガソリンをかけたのだ。最後に真生自身が乗りこんで火をつければ、それでおしまいのはずだった。

（親子心中――なんて呼びたくもないけれど）

親子三人、生きたまま焼かれるつもりだった。真生と、母と――本当の父親と一緒に。

〈あんな男、本当はアンタの父親でも何でもないのよ〉

事件の起こる数日前、母は真生に向かってそう吐き捨てた。不倫に気づいた真生が、自ら撮影した証拠写真を母に向かって突きつけた時に。

遠からず離婚になれば、当然、父についていくつもりだった。警察官として働く父を支え、いずれ自分もまた、その背中を追うように同じ道を歩むのだと――けれど。

「アンタの本当の父親は、その写真に映ってる男の人の方。言われなくても、アンタが中学校を卒業したら離婚するつもりだから。あの仕事馬鹿を捨てて、本当の親子三人で暮らせる日をずっと待ってたの」

アンタが似るはずないじゃない――呪詛のように母がくり返した言葉の意味が、ようやく理解できた。それは絶望そのものと、まったく同じだ。

――いつも自分は、正しい側にいると信じていた。

父と同じように。

けれど本当は、真生の存在そのものが、正しさからかけ離れたものだったのだ。

生まれた時からずっと、真生は母の犯した罪の共犯者であり、父にとっての加害者だった。そして、不義の子供として生まれてしまった以上、それを正すことだけは決してできない。

それなら、せめて父の娘として死にたかった。

――なのに。

ようやくマッチに火がついた瞬間、どんっと体に衝撃が走った。直後に真生は、いつの間にか開いていた後部座席のドアから、車の外に投げ出されたのだった。気がつくと真生は、灰色の路面に倒れていて、開け放たれたドアから炎が噴き出すのが見えた。

そして。

真生を突き飛ばした――母の手が。

その手が車のドアを開き、真生を外へと逃がしたのだ。

その一瞬後に、火の粉を噴き上げて車が燃え上がった。不思議なほどの静寂の中、音も、悲鳴も、何一つなく。そして、はらはらと舞い落ちる雪の中、路面を踏んで駆け出した真生は――現実のすべてを拒んで逃げ出したのだ。

そして、現在。

「さらに聞いた話だと、アナタのお父様は――」

と切り出した西條少年の声が、真生を現実へと引き戻した。タタン、タタン、と車輪の音が聞こえ続けている。

ひたむきに夜明けを目指して走り続ける、夜行列車の心音が。

「取り調べの中で〈路肩の雪をマフラーに詰め、排ガスで二人の意識を奪ってから犯行に及んだ〉と供述していたそうです。そして証言内容は、すべて現場の状況と一致しました。つまりお父様は、犯人が妻と不倫相手を焼き殺す現場を目撃しながら、犯行を止めなかったことになります。お父様の自殺は、その罪滅ぼしだったのかもしれません」

——ああ、そうか。

当時、有給休暇中だったのなら、父もまた母の不倫に気づいて、現場を押さえるつもりだったのかもしれない。たとえ血の繋がりなどなくても、真生と父はたしかに似た者親子だったのだから。

そして、もしも父が、真生が本当の娘ではないと知ってしまったのだとしたら——。

（お父さんは、お母さんだけじゃなくて、私のことも憎かったんだ）

だから妻とその不倫相手が、実の娘に焼き殺されようとしているのを、ただ黙って見ていたのだろう。その娘もまた一緒に焼け死のうとしていたのに。

父にとって、それは絶望的に正しくないことだ。

警察官という肩書は、父にとって仕事ではなく生きざまだった。そして、そんな父にとって、殺人を見逃したことは——たとえ一時の気の迷いとは言え、妻とその不倫相手への復讐を優先したことは、決して許されない罪だったのだろう。だから、その罪をかぶって自殺することで、自分自身を罰したのだ。

そして——真生一人だけが残された。

「残されたアナタも、お父様と同じように自分自身を許せなかったんですよ。しかしアナタには、現実のすべてが耐えられなかった——だから、すべて忘れてしまったんです」

そう、だから真生は、鏡となった部屋の窓に、内側から目隠しをしたのだ。〈火車〉となった自分の姿を目にすることで、思い出してしまうことのないように。

「かくして、アナタの中にはやり場のない怒りだけが残されました。死によって罰から逃れた大人たちや、罪人でありながらのうのうと生き続ける自分自身への。そして、怒りというものは、とにかく敵を見つけたがるんですよ。結果、アナタの中には、罪を犯しながらのうのうと生き続ける犯罪者や、死によって罪から逃れた死者に対する憎しみが生まれるはめになったんです」

違う、と否定しようとして声にならなかった。

それだけは、決して認めるわけにはいかない。もしも罪人たちを憎んだのが、そんな理由だとしたら。たったそれだけで、百人もの罪人たちを生きたまま地獄に堕としたのだとすれば——。

「ええ、正直に言って、ただの八つ当たりです。そうして他人を罰している内は、自分の正しさを証明できるわけですからね。悪を攻撃する自分は善である——だから私は悪くない。そうして自分を正当化するためだけに、アナタは罪人を罰し続けたんですよ」

ああ、そうだ、今ようやく思い出した。これもまた、封印していた記憶の一つだ。

百人の罪人たちを罰することと引き換えに、照魔鏡の目の力を貸して欲しいと荊は言った。そして、百人目の罪人を罰し終えたその次こそ、真生の番だと。

〈それは……私に死ねってことですか？〉

そう訊ねた真生に、荊は小さく首を傾げて、

〈だって一〇一人目の罪人は、初めから君だろう？〉

思えば、荊が真生のことを〈助手〉と呼んだことは一度もなかった。あの琥珀色の目に映った真生の姿は、初めから醜く愚かな罪人の一人でしかなかったのだろう。

――耐えられない、と思った。

だから、震える指で引き金をひこうとした、その時。

「――逃げるな」

静かすぎる声が、耳朶を打った。

はっと顔を上げると、白装束をまとった夜叉の姿がある。あまりにも皓いその貌から、禍々しいほどの怒りの気配を立ち上らせて。

「死によって罪から逃げることは許さない――それがアナタの信条だったはずです。それなら、死んで罪から逃げる権利はありません。アナタには、生きて罪を償う義務があります」

死刑宣告よりもなお、畏しい言葉に聞こえた。

けれど。

(ああ、そうか、私にはもう、地獄に堕ちる権利もないんだ)

他でもない真生自身が、一度死んだ罪人たちに二度目の死を与えたのだから。真生こそが、この列車の中で、最も罪深い罪人だったというのに。

それでも。

「……ごめんなさい」

ただ、うわごとのように唇から声がこぼれて——そうして真生は引き金をひいた。

——銃声。

しかし、頭蓋骨(ずがいこつ)の下から血と脳漿(のうしょう)が飛び出すことはなかった。ただ、側頭部に押し当てたはずの銃が、指がもげそうな衝撃と共に、明後日(あさって)の方向に飛んでいって。

そして。

「……弾が入っててよかったよ」

声が、した。

振り向くと、連結扉の前に小柄な人影が立っていた。その手に、先ほどライブラリーで探偵助手のショルダーホルスターから没収した、回転式拳銃(けんじゅう)をかまえて。

——鳥栖だった。

＊

「……え？」

ようやく鵺ノ木さんの口から出てきたのは、その一音だった。

無理もない、と青児は思う。頭に銃口を押し当てて、引き金をひこうとした瞬間、明後日の方向に拳銃を吹き飛ばされたのだ。しかも致死の猛毒にやられて、虫の息になっているはずの人間に。

「ど、どうして鳥栖さんが……あんなに中毒症状が進行して、動けるはずもないのに」

視線の先にいるのは鳥栖青年だ。

壁際に落ちたスマートフォン・ガンを拾い上げつつ、ゲホゴホと痰の絡んだ咳をしている。しかし先ほどまでの半死半生っぷりを思えば、見違えるほどの回復ぶりだ。つまるところ熱が下がっている。

と、横から皓少年が口を開いて、

「ええ、たしかにリシンは最凶の毒物です。一度摂取したが最後、ゆっくりと臓器を蝕まれ、ろくに抗えないまま死を迎えます——が、鳥栖さんは、そもそもリシンを口にしてないんですよ」

え、と鵺ノ木さんはもう一度言った。

「鵜ノ木さんの懸念した通り、青児さんと鳥栖さんのスティックシュガーは、床に落ちたあの時に入れ替わっていたんですね。つまり青児さんがうっかり渡し間違えてしまったんですよ。ディナーが終わるまでの間、毒入りスティックシュガーは、ずっと青児さんの手元にあったんです」

ノンシュガー派でよかった、とこれほどしみじみ思ったこともない……まあ、うっかり使いそうになっても、皓少年に止めてもらえたのかもしれないが。

と、鵜ノ木さんの口から悲鳴じみた声が上がって、

「け、けど、じゃあ、どうして鳥栖さんにリシンの中毒症状が出てるんですか！　激しい咳に発熱、今だってあんなに苦しそうに咳きこんで――」

「インフルエンザですよ」

「……は？」

「激しい咳、急激な体温の上昇、関節痛、脱水症状――リシンの中毒症状は、もともとインフルエンザと誤認されやすいんです。実は、つい一週間前に青児さんがインフルエンザを発症して寝こんでまして、それが鳥栖さんに感染ったんじゃないかと」

……うむ、初耳だ。

てっきり栄養不足と疲労で風邪が悪化したものと思いきや、妙に治りが遅かったのはインフルエンザのせいだったらしい。そう言えば、食後に渡された薬も、いつもの市販薬でなしに処方薬だった気がする……どうして教えてくれないんだ、と文句を言いたい

のは山々だが、どうして気づかないんだ、と返されてしまっては立つ瀬がない。

と、心なしか目をじっとりさせた鳥栖青年が、

「ディナー中、ずっと俺の正面の席で咳きこんでたからね。しかも、マスクなしで」

「えっと、その……面目ない」

しおしお謝りつつ、青児は内心でつけ加えた……いや、けどアナタ俺の首絞めたし。

「だから鵜ノ木さんからリシンの件を聞いた時、すぐに誤解だと見当がつきました。けれど脱水症状で熱が上がっていたのは確かですから、鳥栖さんをシャワー室まで引きずっていって、無理やり頭から水をかけたんですね。お陰で少しはマシになったようで」

「……下手すると死んでないかな？」

ま、まあ、それはさておき。

「そうでなくとも、アナタは結局、鳥栖さんを殺し損ねるはめになったと思いますよ。もともとリシンは、経口ではあまり機能しない毒物なんです。ただし原料となるトウゴマには、リニシンというアルカロイド毒が含まれ、発熱、呼吸困難……と症状もリシンと共通しています。そこから生じた誤解なんだと思いますが、アナタの毒入りスティックシュガーでは、そもそも人は殺せないんですよ」

そんな、とうめくように言って、ついに鵜ノ木さんは沈黙してしまった。茫然自失したその姿は、生きることそのものを放棄しているように見える。

荊を想わせるあの微笑は、もうどこにもなかった。あれは執行人としての仮面だった

のだろうか。今、目の前にいる鵺ノ木さんは、狼狽（うろた）えて、うなだれて、弱々しかった。

――思えば、まだたったの十八歳なのだ。

（この人も、ずっと逃げ続けてきたんだよな）

同じなのだ。彼女と青児は、正反対のようでよく似ている。鏡に映った像が、左右反対でありながら、少しの狂いもなく同じ形をしているように。

青児は、ずっと逃げ続けてきた。けれど、〈逃げる〉ということすら自分に許せなかった鵺ノ木さんは〈忘れる〉ことしかできなかったのだろう。

――この目は、きっと呪いなのだ。

ほとんど生まれつき照魔鏡の力を宿していた鵺ノ木さんにとって、妖怪（ようかい）の姿をした罪人は〈人ではない何か〉という認識だったのだろう。

物心がついた時からずっと、彼女にとって悪人は人ではなかったのだ。

だからこそ、罪人になった自分を許すことができなかったし、ヒトデナシの化け物たちに人間的な感情を向けることもなかった――では、この目さえなければ、彼女が人を殺すこともなかったのではないか。

「あの、鵺ノ木さん」

声をかけようとして、後が続かなかった。消えた語尾の先が、底なしの暗闇に呑（の）みこまれていくのがわかる――と、その時。

「鵺ノ木さん」

と鳥栖青年が呼んだ。

泣いている子供にするように、不器用で、ぎこちなく、けれど精一杯優しくしようとしているのがわかる仕草で、目と目を合わせて屈みこみながら。

「君の話はぜんぶ聞いた。西條くんからトランシーバーを渡されて……実は、彼が君に話した〈警察関係者から聞いた話〉は、ぜんぶ俺が伝えたことなんだよ」

今も皓少年の耳には、カフス型のイヤホンが光っている。シャワーで文字通り頭を冷やした後、ライブラリーで待機していた鳥栖青年と、無線でつながるためのものだ。

「君のやったことは殺人で、俺も君に殺されかけた。それでも俺は、君に死んで欲しくない。なぜなら俺は警察官で、もう誰も死ななくてすむよう、罪を犯さなくてすむようにするのが仕事だから……悪人を捕まえて、この世から排除することじゃなしに」

ヒュウヒュウ苦しげに喉を鳴らして。けれど子供をなだめるように――微笑んでいるような、泣いているような、そのどちらでもない表情で。

「きっと君のお父さんも、善人のためだけでなしに、君が化け物だっていう悪人のためにも生きたんだと思う――だから俺も、もう君に、他人も自分も殺させたくない」

しかし――おそらくそこで、鵺ノ木さんの限界がきた。

喉からほとばしった声は、絶叫よりも咆哮に近い。声にならない叫び声を上げて、子供がむずかるように首を振りつつ連結扉へと駆け出した。ラウンジ車に。

「鵺ノ木さん！」

叫びながら追いかける。ラウンジ車に飛びこんで——最初の一歩で足が止まった。

「……え？」

何が起こったのかわからなかった。目の前の光景を現実として認識できない。

そこには——死体があった。

糸の切れたマリオネットのように、不自然な姿勢で仰向きながら。もう二度と瞬くことのない目を虚ろに開いて。

——鵜ノ木さんが。

「な……んで」

その場の誰もが、金縛りにあったように硬直していた。

と。

「——なるほどね」

声が、した。

瞬間、車窓の向こうに広がった暗闇が、不意に昏さを増した気がした。

いや、ただの錯覚だ。にわかに凶暴さを増した昏夜の闇が、今にもガラスを破り、車内の灯りを呑みこもうとするかのように。

そんな声を持った誰かがいるのだ——すぐ背後に。

「百鬼夜行は、夜明けの光から逃げまどう姿で終焉を迎える——となると、彼女にとっては、これが相応しい最期なのかもしれないな」

と、パチン、と指を鳴らす音。

一瞬後、かつて加賀沼氏の倒れていた消火器の真上——何もなかったはずのまっさらな壁に、四角い箱が出現した。〈非常ブレーキ〉の文字と共に。

「出発前、彼女に頼まれて、非常ブレーキに細工したんだよ。他の誰かが逃げることがないよう、目くらましの術を。だから、ついでに毒針も仕掛けておいた。もしも彼女が逃げようとすれば、その手に刺さるように」

そうして、かすかな衣擦れの音と共に、その人物が現れた。

まるで亡霊のような足取りで、禍々しい夜気をまとったインヴァネスコートのすそを揺らしながら——凜堂荊が。

「死ぬか、逃げるか、殺すか、そんな風にしか生きられない人間もいるからね——根っからの悪人が。石もて悪を打とうとする性根は、そもそも善じゃない。悪をも上回る悪だ。百匹の鬼を退治し続けた彼女が、百鬼夜行そのものだったように」

そして、ようやく姿を現した荊は、退屈な芝居でも観るように目を細めた。囁く声に、噎せかえる闇をまとわせながら。

いや、違う——ずっといたのだ、この列車の中に。

——鬼は、隠。

かつて恐れられた百鬼夜行のように、決して見えず、けれどいるモノとして。

「結局、善に悪は理解できない、という話だよ。だから、彼女の性根を見透かすことのできなかった君たちの負けで――」

そして荊は微笑した。

まるで恐怖と死のつぼみが、大輪の花を咲かせたように。

「――僕の勝ちだ」

絶望が、嗤った。

＊

皓の背後でドアが閉じた。

それだけで、半歩後ろにいた青児と分断されてしまった。おそらく青児の方は、篁さんの手で三〇二号室に追い返されたのだろう。

招き入れられたと同時に、閉じこめられる。

背後にあるのは、内から出るにも、外から入るにも、八桁の暗証番号が必要なドアだ。

だからこそ皓は、この展望室に招かれたのだろう。

決して開かない密室の中で――ゲームの敗者として、勝者と対峙するために。

「――ようこそ」

と囁くように言った荊の姿は、二人掛けのテーブルにあった。

展望室――という言葉からイメージされる殺風景さとは無縁の空間だ。

深紅の天鵞絨を張った箱を想わせる室内には、アンティークの調度品が点在している。

正面の壁一面に、巨大な一枚ガラスの展望窓。隅の方にドアが設けられているのを見ると、外の展望デッキに出られるのだろうか。

とは言え、走行中の列車から飛び降りるのは自殺行為だ。

「――座っても？」

「どうぞ、君の席だよ」

対面した荊は、やはり死を匂わせる白髪だった。

人形じみて整いすぎた外見もまた、骨格の華奢さも相まって、ひどく脆いように映る。

静脈の透ける肌も、雪白というよりも死蠟の白さだ。

「さて、まずは質問させてください。先ほど鳥栖さんが連れて行かれましたが、彼はどうなります？」

訊ねると、荊はどこか意外そうに目を細めた。真っ先に他の乗客について訊かれるとは思わなかったのだろう。

「終着駅に着いたら解放するよ。それがゲームのルールだからね。一通りの身分証明書と現金を用意したから、望めばこの先も〈鳥栖二三彦〉として生きていける」

ただし、本名には戻れない——ということか。

すでに鳥栖は、自殺者として死亡届を出され、住民票を抹消されている。別人として生き直すより他にないのだ。もとより本名で呼ばれたが最後、水となって消えてしまう以上、これまでの人生は捨て去るしかない。

「さて、では、ここに僕を招いたのはどうしてです？」

「そうだね。終着駅に着くまでの退屈しのぎと——せっかくなら親子で別れを惜しませてあげようと思ってね。左が君の父親だよ」

鈍い音を立てて、テーブルの上に二つの鏡が置かれた。いや、一見、鏡には見えない。白銀色の反射面を持つ青銅の塊が二つ——割れた照魔鏡の残骸だ。

「なるほど、魔王二人を封じるのに魔鏡を使ったわけですか……しかし、となると照魔鏡を盗んだのは、やはり荊さんだったんですね」

おや、と荊は瞬きをした。

「その口ぶりだと、はなから気づいていたみたいだね」

「閻魔庁の保管記録を改竄したのは、たしかに篁さんなんでしょう。けれど、どれほど考えてみても、篁さんには照魔鏡を盗み出す動機がないんですよ」

そう、立場上、無期限の貸し出しが可能な人物が、盗むこと自体ナンセンスなのだ。

「照魔鏡は、〈現世での罰をまぬがれた罪人〉を暴き出す鏡です。それが何の役に立つのか——シンプルに考えるなら、答えは〈地獄代行業〉なんですよ。さらに、保管庫から照魔鏡が盗み出され、欠片を人間界に撒かれた十八年前には——閻魔大王から魔王二人に対し、〈地獄堕とし勝負〉の提案があったと聞いています」

「盗んだのは僕で、命令したのは父だ。照魔鏡の目を持つ人間に〈地獄代行業〉を手伝わせるために——なにせ、魔族の目には適合しないからね」

そう、だからこそ照魔鏡の欠片は、人間界に撒かれたのだ。

しかし、当時は、いくら照魔鏡の欠片を撒いても、その力を目に宿した人間は現れず、まったくの徒労に終わったのだ。なぜなら——。

「おそらく照魔鏡の力を手に入れられるのは、幼い子供だけだからです。遠野青児、浅香藺花、鴉ノ木真生——この三人の目に鏡の欠片が入ったのは、それぞれ五歳、六歳、〇歳の頃でした。見事に年端のいかない子供ばかりだ」

七つまでは神のうち——と言うべきか。おそらくは、無垢な者しか宿すことの叶わない力なのだ。しかし、だからこそ悪神・神野悪五郎の目論見は、失敗に終わった。

照魔鏡の目を持つ鴉ノ木の存在に、荊が気づいたのが三年前——地獄堕とし勝負が始まってから、すでに二年が経過している。

「そう、だからこそ父は、兄弟十三人に殺し合いを命じ、その混乱に乗じて僕の死を偽装して、裏で暗躍させることを思いついたわけだ——君を亡き者にするために」

「ええ、それで棘さんは、表向きの張りぼてとして跡取りの座にすえられたんですね。

さて、ここまではわかりました。けれど、どうにも腑に落ちないことがあるんです」

そこで皓は、ことり、と首を横に傾げて、

「どうしてアナタは棘さんを殺さなかったんでしょう」

「どういう意味かな？」

「一週間前、アナタは棘さんをショットガンで撃っています――それも大型動物の狩猟用に使う一粒弾（スラグ弾）を。けれどショットガンは本来、散弾を撒くための銃なんですね。そして、もしも散弾を使用していた場合、全身に散弾を浴びた棘さんは、ろくに摘出もできないまま死んでいたはずです。なのにアナタは、どうして一粒弾を使ったんですか？」

問われた荊は、静かに瞬きをした。

前髪の下から透かし見るような眼差しを向けて、

「散弾の威力は、一粒弾に劣るからね。たとえ致死性は高くても、反撃を封じるには弱かったんだよ」

「だとしたら、利き腕を外したのはやりすぎでしたね。反撃を防ぐつもりなら、利き腕を潰さなければ説得力がない――なのにアナタは、狙いの外しようがない近距離で、わざわざ左肩を撃っている。後遺症が残るのを恐れましたか？」

ふっと息を吐いて荊が小さく首を傾げた。どこか苛立ちを抑えるように目を細めて、

「……何が言いたいのかな？」

「前から疑問だったんです。棘さんにとって、双子の兄であるアナタは、一体どんな人

物だったんだろうと。あの人は、他者の思惑が読めない半面、勘の良さがずば抜けたところがあるんですね。なにせ僕が奥飛騨で姿をくらませた際、真っ先に茶番を疑ってかかったくらいですから」

そう、鵺に喉を食い破られるはめになった獅童家の事件でさえ、犯人を外すことはなかったのだから。途中の計算式でつまずいても、なぜか答えを当ててくる——一見、手玉に取りやすいように見えて、一度警戒心を抱かせると、最も騙しにくい手合いだ。

「しかし、そんな棘さんが、アナタの自殺だけは疑ってなかったんです。つまり棘さんの目から見て、アナタはそういう人物だったことになります。兄弟十三人による殺し合いの末、弟に跡取りの座をゆずるため、自ら命を絶つような——果たして、それは本当に間違いなんでしょうか？」

ふと荊が笑った。失笑とも、嘲笑ともつかない顔で。

「どうも気色悪いな。まさか君の目にも、そんな風に見えるのかな」

問われた皓は、頷かなかった。

無言で瞼を下ろし、またすぐ上げる。そうして一呼吸置いて頭を振ると、

「いえ、見えません。なので、心から言わせてもらいます——ザマーミロ、と」

——と、嗤った。

凍夜に白く皓く狂い咲いた、大輪の牡丹のように。

そして、不穏な気配を察した荊が、背後を振り向こうとした、まさにその瞬間に。

バシャ、と水音がした。

同時に、肉と髪の焼け焦げる悪臭——そして絶叫。

荊の声ではなかった。背後から荊に近づき、小瓶入りの硫酸を顔に振りかけた襲撃者が、裂けるほどに唇を開いて、甲高い絶叫を上げたのだ。

たった今、自分のしたことに対する、恐怖と戦慄で。

乃村汐里——執行人である鵜ノ木の手で、水になって消えたはずの乗客だ。

座ったまま放たれた荊の蹴りが、乃村の脇腹に突き刺さった。

肩か頭をぶつけたのか、横ざまに倒れた乃村から、短いうめき声が上がる。すかさず立ち上がった荊が、その背中に靴底をのせて身動きを封じた。

そして、上半分に硫酸を浴びたその顔で、激しい痛みに浅い呼吸をくり返しながら、

「……なんで君が生きてるのかな」

片手で左半分を覆ったその顔は、露わになった右の眼球が白く濁り、赤黒く波打つように爛れた皮膚は、ところどころ泡立って見えた。

——失明したのだ。

「背骨を折った方が早そうだね」

言うが早いか、背骨を踏んだ靴底にぐりっと力がこもる。ヒィッと乃村の喉から笛のような悲鳴が上がって、

「で、電話が！　鵜ノ木さんから電話があったんです！　鵜ノ木さんの指示通りにアナタを殺せば、執行人として必ず生きて帰してくれるって！」

そして、時に支離滅裂な言葉を頭の中でつなぎ合わせると――。

鵜ノ木から荊の殺害を指示された乃村は、一度は拒んで、嫌がらせに自殺を企てたらしい。しかし、それを青児に止められたことで、承諾することにしたようだ。

「そ、それから、鵜ノ木さんの指示で――」

伍堂が消えた時と同じ状況に見えるよう、ドア周りに水を撒いて、三〇一号室を後にした。そうして四号車の共用トイレに隠れ、あらかじめ鵜ノ木が隠しておいた硫酸の小瓶を手にしたのだ。

（ああ、なるほど）

と内心で皓は頷いた。

思い返せば、ディナーの前に、四号車の共用トイレで鵜ノ木と鉢合わせる一幕があった。もしかするとあの時に、硫酸の小瓶を隠したのかもしれない。

――そして。

乃村の身を案じた青児たちが、三〇一号室に向かった頃合いを見計らって、ラウンジ車に移動。そうして加賀沼の遺体を漁り、七〇一号室のルームキーを手に入れると、部屋主の死によって空室になっていたその部屋に隠れひそんだのだ。

しばらくして。

展望室から出てきた荊が、七〇一号室の前を横切ったのをドアスコープで確認すると、鵜ノ木から教わった暗証番号を入力して、展望室の中へと滑りこんだ。

そうして調度品の陰に身をひそめ、硫酸の小瓶を握りしめながら、殺害の機会をうかがったのだ。

（もう鵜ノ木さんは死んでるのに）

しかし乃村には、それを知る術がなかったのだろう。だから言われるがまま、小瓶の中身を振りかけたのだ。

――生き抜くために。

死なないでください、という青児の言葉に、背中を押されるようにして。

「どうして彼女が僕を殺そうとしたか、それは訊いてるのかな？」

そう荊に問われた乃村は、踏まれた蛙じみたうめき声を上げつつ、こう答えるようになった。

「う、鵜ノ木さんに言われたんです。もしもアナタに訊かれたら、こう答えるようにって――私はアナタになりたかったけど、アナタは私になってくれなかった。今夜私が死んで、この先悪人を一人も裁かなくなるなら、一緒に死んでくれた方がマシだって」

哄笑が上がった。

喜劇を見届けた観客のように、愉しそうに、可笑しそうに肩と喉を震わせて。

「……さすが死んでも極悪人だ」

と、パチン、と指を鳴らす音。

途端、乃村の頭がガクンと落ちた。泣き疲れた子供のように寝息を立てて——眠らされたのだ。

「殺さないんですか？」

訊ねた皓の声に、意外の念がこもった。

対して荊は、乃村の背中から靴底をどけると、何の敵意も害意もなく、無関心な何かを見下ろすような顔をして。

「彼女の立場は、鳥栖と同じだからね。わざわざ殺す理由がない」

と。

「——ところで」

と皓は言った。

カチリ、とわざと音を立てて、その手に握った拳銃の撃鉄を起こしながら。

「アナタは、この展開を読んでましたね」

その手にあるのは、回転式拳銃——S&W M19だった。

鳥栖青年のもとから返却された銃が、護身用として青児から皓の手へと渡ったものだ。もとはと言えば、棘の愛銃でもあるのだが。

——実を言えば。

乃村が床に蹴り倒された時点で、皓は懐に隠し持ったこの銃を抜いていた。乃村の命が危うくなれば、いつでも引き金を絞れるように。けれど、荊がその銃口に気づくことはなかったのだ。なぜなら、銃をかまえる際に、皓が一切物音を立てなかったから。

つまり——荊は、両目とも失明している。

「……さすがに誤魔化しきれないか」

独白のように呟きながら、荊は顔の左半分を覆ったその手をどけた。

途端、接着剤で張りつけたものを剥がすように、顔から何かがこぼれ落ちる。固まりつつあった血と膿と——顔の皮だ。

そうして露わになった左目は、右目と同じに白濁していた。その目に銃口を突きつけながら、皓は短く息を吸って、

「ずっと疑問ではあったんです。終着駅に着くまでの間、互いに危害を加えてはならない——それが、今夜のルールです。しかし、肝心のペナルティが〈ゲームの敗北〉なんですね。つまり勝敗が決した時点で、敗者にはルールそのものが無意味になるんですよ」

となると、勝者にとれる選択肢は二つ。終着駅に着くまでの間、敗者を車内のどこかに隔離するか、もしくは勝者自身が身を隠すか。

「なのに、よりにもよってアナタは、僕と二人でこの密室の中に閉じこもった——それも、僕が護身用の武器を隠し持っていると承知しながら」

言葉を切って、引き金にかけた指先に力をこめる。そして一つ大きく息を吐くと、

「殺してくれ、と言っているようなものでしょう。それがアナタの望みなんですか？」

荊は、微笑んだだけで答えなかった。

その目を見た瞬間、痺れるような戦慄が背骨を伝って走り抜ける。

白い闇を宿した双眸には、何もなかった。

あるのは——昏く深い虚無だけだ。

「……そんなのは、初めから決まってるだろ」

微笑んだまま、荊は小首を傾げた。息をするだけで気を失いそうな激痛の中で。

「殺したいのも、奪いたいのも、ただ一つきりだ。悪神・神野悪五郎を地獄に堕とし、あの男が人生をかけて追い求めた魔王の座を奪い取ること。それが、僕と——殺し合いを演じて死んでいった十一人の兄弟の望みだ」

囁く声からは、死が匂った。

血と膿の——あるいは生きる屍のような。

「血は血で、命は命で贖わせる——兄弟十二人でそう決めた。生き残るのは、たったの二人だ。あの男を殺せる可能性があったのは、僕一人だけ。そしてもう一人、いずれ僕があの男を殺した後、魔王の座につく誰かが必要だった。何一つ知らないまま、親殺しの叛逆者になった僕を討ち、正統な後継者として魔王の座につく一人が——それが棘だったんだ。ただ、それだけの話だよ」

皓は目を閉じた。

睫毛が震え、半ばまで開いた唇が、何か言葉を形作ろうとしながらも、やがて閉じる。

そうして一呼吸置いて瞼を上げると、

「そして今は、僕にアナタを殺させようとしているわけですか。親殺しの叛逆者であるアナタは、今夜の果し合いの末、敗者となった僕に討たれ、代わりに棘さんが魔王の座につく――そんな筋書きのために」

荊は答えなかった。もはや、その必要もなかったのだろう。

刻々と夜明けは迫っている。皓に残された選択肢は、ただ二つきりだ。

荊を殺すか――もしくは殺されるか。

「けれど――」

不意に皓は呟いた。

カタン、とその手がテーブルに拳銃を置く。そして、おもむろに荊に向き直って、

「僕には、もう一つ、選択肢があるように思えるんです。今、こんな時でも」

言いながら、微笑(わら)った。

百禍の王と呼ぶべき鬼であり、年相応の少年でもある、そんな姿で。

飼い犬を自慢する主人のような、唯一無二の友人を誇る子供のような、そんな顔で。

「気に障ったらすみません、なにせ青児さんですので」

その直後だった。

「――皓さん！」

皓の背後で、ドアが開く。荊の他には決して開けられないはずの、八桁(けた)の暗証番号が設定された、展望室のドアが。

そうして飛びこんできた人物が、皓を庇うように前に立った。

——青児だった。

そして。

瞬きをするよりも早く——その顔を驚愕で歪めるよりも先に、懐から拳銃を引き抜いた荊が、声のした方に銃口を向けて引き金を絞った。

次の瞬間。


「……なるほど、ようやくわかりました」


声が、した——荊のすぐ側から。

直後、荊の全身が硬直する。両脚の靴先から、引き金にかかった指先まで。

その一瞬の隙にのびた手が、横から拳銃を鷲摑みにした。撃鉄の隙間に人差し指の先をはさんで、弾丸が発射されないよう固定しながら。

どうして——と。

呟いた声は、うわごとにも聞こえた。白濁した双眸を裂けるほどに見開きながら。

「……どうして棘がここにいるんだ？」

そう、声の主は、すぐ側にいた。

足音と気配を殺して、けれど手をのばせば届くほどの距離に。

――凜堂棘が。

＊

そして。

皓少年のもとに駆けつけた青児の前で、その同伴者である棘のやったことは、まず荊の頭にステッキの柄を振り下ろすことだった。

ゴン、と鈍い音。

途端、脳震盪(のうしんとう)を起こしたらしい荊の体が、膝(ひざ)から崩れ落ちる。それをすかさず抱きとめて――両目が白濁しているのを見ると、きつく奥歯を嚙(か)みしめた。絨毯(じゅうたん)の上に荊を横たえ、無造作に帽子を取ると、前髪を一度後ろに撫(な)でつけて溜息(ためいき)を吐く。

と、横から皓少年が口を開いて、

「間一髪――と言いたいところですが、意外にかかりましたね」

「暗証番号を解くのに手間取ったんですよ。気に入りの作曲家か小説家の生年月日だろうと踏んだんですが――まさかアガサ・クリスティの没年月日とは」

――はて、一体、何が何だか。

と、いつもの青児なら頭を抱えるところだが、今度ばかりは万事承知している。

そう、元はと言えば、皓少年が棘に送った一通のメールが発端なのだ。

ここ一週間ばかり、意識不明の重体とされてきた棘だが、実は脱走の機会をうかがって、狸寝入りを決めこんでいたらしい。

そして、その可能性を見越した皓少年が、荊から受け取った招待状の画像を棘のアドレスに送ったのだ。ついでに線路上ですれ違う、追い越し列車のダイヤも添えて。

(けど、まさか本当に途中乗車してくるなんて)

内心呆れつつ、青児は記憶を反芻した。

〈もしも起きていたら、窓の外を見てください〉

ライブラリーで皓少年の声を聞いたあの時——直後に青児が見たのは、貨物列車の側壁をよじ登り、スタントマンも真っ青のアクションっぷりで、青い幻燈号の屋根に飛び移る棘の姿だったのだ。

——それから。

慌てて窓を下ろした青児は、トランシーバーで皓少年に指示を仰ぎつつ、火のついた煙草を外に突き出し、屋根にのった棘に向かって合図を送った。続いて、するりとライブラリーの窓から車内に滑りこんだ棘に三〇二号室のルームキーを渡し、中に隠れるようにうながしたのだ。そして——。

〈ライブラリーの窓が開いたと、警報メッセージが届きまして〉

直後に篁さんが現れたことを思うと、まさに間一髪のタイミングだったのだろう。

(結局のところ、賭(か)けだったんだよな)

棘を列車の中に招き入れたこと、それ自体が。

手負いの獣同然の棘が、一体誰に牙(きば)をむくのか——叛逆(はんぎゃく)者となった荊への復讐(ふくしゅう)か、人質となった父親の救出か、あるいは皓少年との敵対か、何を目的として行動するのか、それすら読めなかったのだから。

けれど。

「結局のところ、棘さんの勘の鋭さに賭けることにしたんですよ。一連の荊さんの行動に、何か裏があると必ず勘づくだろうと」

——だから。

展望室から追い返された青児は、皓少年とつながったトランシーバーを三〇二号室の棘に渡し、二人の対話を盗み聞きしてもらったのだ。

皓少年なら、必ず荊の真意を聞き出せると、そう信じて。

そして、今。

つかつかとテーブルに歩み寄った棘は、二つ並んだ照魔鏡の欠片(かけら)の一つをつかむと、ゆるやかな放物線を描きながら、皓少年の手元に放った。

「詫(わ)び料です」

と言い添えて。

「いささか足りないように思いますが」

「すぐに残りを払いますよ、今これからね」

言いつつ、無造作な手つきでステッキの先を持ち上げると——発砲音と共に火薬の匂いが立ち上った。

しかし血飛沫は上がらない。

後に残されたのは、テーブルの上で砕け散った照魔鏡の残骸であり——それこそが、我が子の手によって葬られた、悪神・神野悪五郎の魂の、成れの果てだった。

「……それがアナタの答えですか」

訊ねた皓少年に、棘は言葉を返さなかった。

おもむろに荊を抱き上げると、迷いのない足取りで絨毯を横切り、片脚の一撃で展望デッキへと通じるドアを蹴り開ける。

展望デッキに出ると、凍てついた風が吹きつけてきた。

半円形の手すりを巡らせた空間は、広々と視界が開けている。顔を上げると、白い吐息がぼんやりと羽ばたき、その向こうに冬ざれの森が見えた。

暗色の絵の具で描いたような山々の稜線は、今やすべてが雪を冠して、その白色が薄ら青みを帯び始めている。

今まさに夜が明けようとしている——もうすぐ終着駅だ。

と、その時。

（……あれ、車輪の音が）

耳を澄ませると、車体が減速しているのがわかった。

同時に、広々と眼下に横たわった川面が、視界に飛びこんでくる。朝もやの中をまっすぐに渡された鉄橋に、先頭車両が差しかかろうとしていた。

と、そこで。

つかつかと手すりに歩み寄った棘が、荊を腕に抱いたまま、デッキの床を蹴って手すりの上に飛び乗った。

そして、器用に靴の踵で半回転して、皓少年と青児の二人に向き直ると、

「此度の勝負において、悪神・神野悪五郎一派は、敗北を宣言します。これにて魔王・山本五郎左衛門一派の勝利により、王座争いは決着です」

高らかと敗北を宣言した。

続いて、思いの外ぞんざいな手つきで荊を川面に投げこむと、帽子をとった手を胸に押し当てて一礼してから、

「……お元気で、とは言いたくありませんね」

「言われたくありませんよ、私もね」

最後に皓少年と言い交わすと、手すりを踏みきって、川面へと身を躍らせた。

――水音は、よく聞こえなかった。

はっと青児が瞬きをした頃には、すでに列車は鉄橋を渡りきり、視界は冬の夜明けに

特有の、弱々しい光に占領されている。

まるで今夜くり広げられた光景のすべてが、一夜限りの夢だったように。

タタン、タタン、と車輪の音は続いている。

――終着駅を目指して。

「えーと……もしかして、勝ったことになるんですか？」

「正式に決着がつくのは、この列車が終着駅についた時点ですからね。その前に、あちらが棄権したわけですから、僕らの勝ちだと思いますよ――どうも勝ち逃げされたようで気分が悪いですが」

珍しく渋面をつくって皓少年が言った。さて、もしかすると二人揃って川で溺れ死ぬ可能性もあるが――まあ、死にはしないだろう。なにせ棘なのだ、良くも悪くも。

（ああ、そうか。じゃあ、魔王になるのは――）

とは思ったものの、正直に言って何一つ実感はなかった。

ただ、生きている、ということを除いて。今はもう、それだけでいい気がした。ここに二人並んで立っているという、ただそれだけで。

と、不意に。

「もうすぐ到着ですので、客車の方へお戻りください」

穏やかな声と共に、展望室のドアから篁さんが姿を見せた。

胸元から懐中時計を取り出して視線を落とすと、カチン、と音を立てて蓋を閉じる。

そうして背を向けて立ち去ろうとして、

「――篁さん」

と皓少年が呼び止めた。

「アナタは、すべて知っていて荊さんに手を貸したんですか？」

振り向いた篁さんは、底意の読めない表情のまま、皓少年に向き直ると、

「荊様によると、照魔鏡を盗み出す際に、わざと痕跡を残して、いずれ私が接触を図るように仕向けたんだそうです。一切合切を打ち明けられた上で、双六勝負を持ち掛けられました――敗ければ命を差し出すと」

「……よほど命がけですね。僕でさえ、アナタには一度も勝ったことがないのに」

「ええ、一度もね。それに、アナタはさほど私に勝ちたいとも思わなかったでしょう」

と言って篁さんは目を細めた。遠い記憶を懐しむように。

「ですので、敗けた身としても、命がけで手を貸さざるをえませんでした。それに、もともと権力の横暴は無視できない質なんですよ。魔王二人の、御子息に対する暴虐ぶりは、はたから見ていて目に余ります」

「……ええ、たしかに。アナタはそういう人でしたね」

目を伏せて、皓少年が頷いた。

それに、と篁さんが続ける。

おそらく千年の昔から変わらない微笑のまま、どこか眩しそうに目を細めて、

「生き抜くと思っていましたよ、アナタは。これまで私が見守ってきた、その通りに。けれどアナタは、こうでもしないと鳥籠の中から出ようとも思わないでしょう？」

不意に皓少年が顔をしかめた。

何事か言いかけて――奥歯を嚙みしめて首を振る。そして、途轍もなく大きな感情を無理やり呑みこんだ顔をして、

「……それでも僕は、この先アナタを許せないと思います」

「光栄です」

と言って、恭しく一礼した篁さんは、煙が空に上るようにして消えてしまった。

後には、皓少年だけが残される。

一瞬、泣き顔にも見えたその顔は――しかし小さな吐息と共に首を振ると、ただ空を仰いだ。見上げると、夜明けを迎えつつある空は、雲も風も、何もかも青みがかっている。どこまでも澄み渡って、それでいて淋しげな空だ――ただ、青いだけの。

世界は今、空しかなかった。

けれど、やがてまどろみの向こうから街が現れる。銀河鉄道を旅した一夜の夢が終わりを告げるようにして。

そして皓は、一度深呼吸して青児を振り向くと、

「帰りましょうか、青児さん」

はい、と頷いて、青児は皓少年と共に足を踏み出した。

――帰る場所へと向かう、そのための一歩を。

そして青い幻燈号は、終着駅へと辿り着いたのだ。

第三怪　人あるいはエピローグ

二度目の地獄だった。

いや、コンビニで引いたオミクジの話である。

らっしゃっせーという声をBGMに、文房具コーナーから履歴書を選んでレジに向かうと、不吉な既視感のある箱を差し出されてしまったのだ。

「どーぞー、おみくじでーす、引いてください」

嫌な予感と共に一枚選んで引き抜くと、案の定、見覚えのある二文字があった。

——地獄。

懐しいやら不吉やらで、青児が半笑いと半泣きを交互にくり返していると、

「え、ちょ、それ！　そのオミクジ！　まさか引く人がいるとか！」

「……は？」

問わず語りに話を聞くと——インフルで人手不足な時期に、オミクジ作れとか店長に

言われてマジムカついた(原文ママ)らしい目の前の店員が、ついつい出来心で〈地獄〉と書いた二枚をオミクジに忍びこませたらしい。

結局、他愛ないイタズラだ。蓋を開けてみると、怪異や因縁も何もあったものではない——それを二枚も引き当てる人間がいるという事実は、軽くホラーではあるけれど。

「じゃあ、気を取り直して、もう一枚どーぞー」

そう促された青児は、とっさに首を横に振ってしまった。

「いや、いいです。その……地獄もそんなに悪くないと思うんで」

本心から言った。

すると「なにそれウケる」と笑った店員が、

「じゃあ、お詫びってことで」

缶コーヒーを二本、カウンター越しに差し出した。それきり「次の方どーぞー」とやり出したので、ありがたく頂戴することにして、履歴書入りのポリ袋片手に、ありがとっしたーという声を背にして自動ドアをくぐる。

早速、車止めに腰かけて、缶コーヒーをすすった。ありがたいことにブラックだ。

(まあ、ホットなのもありがたいよな)

吹きすぎる風は、まだ少し寒い。けれど、寒風に首をすくめる季節はとっくに過ぎて、風にはどことなく光の気配があった。

耳を澄ませると、街路樹のざわめきが聞こえてくる。葉群の緑も、空の青も、目に映るすべてが、ひと色、明るい感じだ。

——春が来たのだ。

あれから、青い幻燈号での一夜を終えて。

こっそり連絡先を交換した鳥栖青年から、まずは近況報告のメールがあった。後日、乃村さんの行方もわかったようで、どうも鬱病で療養中らしいが、鳥栖青年とは時折食事に出かける仲のようだ。

——よかった、と思う。

あの悪夢じみた一夜を経て、そう思えたことは一つきりだ。

（いや、そう言えば、もう一つだけ）

先日、再会した鳥栖青年は、パーカーにジーンズという格好から、年相応のジャケット姿に変わっていた。それでも、やはり外見年齢詐欺なのだが。

「実はあの格好も、ぜんぶ兄の真似だったんだよ」

そう鳥栖青年は告白した。

兄というのは、母親の再婚相手の連れ子だったらしい。

かつて義父の自慢の一人息子だったらしい兄は、交通事故で顔に傷を負って以来、二階の自室に閉じこもりきりだったそうだ。まずは日々の暗さに嫌気の差した母親が逃げ、次に人生に疲れた義父が兄弟二人を見放した。

そして。

〈腹減ってないか？〉

そんな問いかけを最後にして、兄は自殺してしまったのだ。首に縄をかける直前、警察に電話をして〈弟が飢え死にしそうです〉と言い残して。

「それから、なぜか兄の真似をしないと落ち着かないようになった。文集やアルバム写真やSNSを片っ端から調べ上げて——俺自身、どうしてかわからなかったんだけど、あの蓄音機の声からすれば、兄の人生を盗んだのと同じだったんだな」

相変わらず、声は淡々として抑揚がない。けれど、だからこそ苦しみや悲しみが押しこめられている気がした。

だから青児は、足りない頭をどうにか巡らせて、必死に言葉を探し出すと、

「……えっと、鳥栖さんは、ただ、お兄さんに死んで欲しくなかったんじゃないかと」

「どういう意味かな？」

「た、たぶん鳥栖さんにとっては、〈腹減ってないか？〉って訊いてくれたお兄さんが、たった一人の家族だったんだと思うんです。だから、鳥栖さんがお兄さんになることで、どうにかして生かしたかったんじゃないかと」

正解か、不正解か、今もってわからない。

けれど。

「……だといいな」

と言った鳥栖青年の顔は、笑っているようにも、泣いているようにも見えて——そし

て、当たり前のように、生きた人間らしかった。

　ちなみに。

　加賀沼氏から預かった〈手紙〉は、よく見ると隅の方に〈食べに来いよ〉とだけ書かれていて、意味がわからないまま、頼まれた通りに切手を貼ってポストに投函した。

　鳥栖青年によると、チラシの居酒屋は、受取人である加賀沼氏の弟の仕事場らしい。

　どうも加賀沼氏は、服役中に家族から絶縁されたようで、しかし、このチラシが手元にあったということは、その内の一人は関係を修復しようとしていたのだろう。

　そして結局、加賀沼氏が店を訪ねることはなかったのだ。一枚のチラシをボロボロになるまで肌身離さず持ち歩きながら。

　——あれから。

　篁さんと凜堂兄弟の行方は、今もってわからないままだ。

　けれど先日、鳥辺野さんの怪談ブログに更新があった。いわく、〈死を招ぶ探偵〉の都市伝説に変化があったようで、その正体は、実は双子の兄弟だそうだ。そして、なぜか日本からイギリスに活動拠点が移ったらしい——まあ、そういうことなのだろう。

　こうして冬が終わった。

　同時に青児が皓少年のもとを離れてから、すでに四ヶ月が経過している。それが長いのか短いのか、青児自身まだよく理解できていない。

　——あの一夜を経て。

魔王の座についた皓少年は、魔王・山本五郎左衛門の魂を解放しなかった。

「誰かさんのせいで、生まれてこの方、ずっと屋敷の中に閉じこめられてきましたので、しばらく仕返しさせてもらおうかと」

とうそぶいていたので、どうも百年ほど放置プレイをかます腹積もりのようだ。

が、しかし。

「……大丈夫なんですか？」

魔王・山本五郎左衛門の後ろ盾を失って生きていけるほどには強くない——かつて皓少年から聞いた言葉だ。逆を言えば、もう一度、父親の庇護下に入ってしまえば、樒の木の生えたあの屋敷で、これまで通り、平穏な暮らしを送れるのに。

紅子さんと青児と、また三人で。

「さて、仮にも魔王ですから、今のところ表立って盾突く輩はいませんね。ただ、それも時間の問題でしょうから——早いところ、どうにかしなければと思っています」

と言った皓少年は、かつて青児がビリビリに破いた引っ越し先の住所を再びその手で差し出した。けれど今度は、必ず戻ると言い添えて。

「どう生きていくか、もう一度、一から考えてみようと思っています。僕が、この先も僕でいられるように。何にせよ、無事に帰ってくるつもりですよ、なにせ僕ですので」

そう、それこそが皓少年だし、それを信じるのが青児なのだ。だから、さよなら、とは決して口にしないまま、青児はあの屋敷を後にした。

いつか必ず会える——それだけは、自分のこと以上に信じているのだ。

一方、肝心の青児自身はというと、

(皓さんがアパートの家賃半年分を先払いしてくれたけど……そろそろ決まった仕事を見つけないとな)

そんな感じでハローワークに通いつつ、昔取った杵柄での短期アルバイト生活である。

前途洋々かと言われれば、むしろその逆だろう。

家なし、職なし、金なし——三拍子揃っているのは相変わらずで、この先もきっと恥の多い人生を送っていくのは間違いない。

けれど——どこかには行ける気がした。真っ暗闇の中、どこにも行けずに立ち尽くし続けた日々は、もう終わったのだと。

ずっと半歩前に立って手を引いてくれた誰かが、たしかにいたのだから。

それこそ地獄のくらやみの中、一匹の蝶を追ってきたように。誘蛾灯のような、家路の灯のような、夜明けの光のような、そんな白さの。

だから、どうにかなる気がした。今も互いにこの世のどこかで生きているという、ただそれだけで。

——そして、今。

世界は、たしかに春の色をしている。

吹きすぎる風に目を細めた青児は、煙草を一本吸いたくなって、上着のポケットを漁った。しかし、なんとなく止めてしまう。口うるさく止めてくれる人も今はいない。

——なんだか無性に帰りたいような気がした。

けれど。

「……そろそろ行くか」

軽く頰を叩いて自分に喝を入れつつ立ち上がる。そして歩き出そうとした、その時。

「え？」

顔を上げると——すぐそこにいた。

心臓が、本当に一瞬、止まったのを感じる。ぽかんと口を開けたものの、驚きの声は出てこなかった。こみ上げた感情で、喉の奥がつまったのだ。

けれど、真っ白になった頭が、それが誰かを理解するよりも先に。

「——皓さん」

そう呼んでいた。

そして。

「お久しぶりです、青児さん」

声も、仕草も、微笑も、何一つ変わらずにそこにいた。

——皓少年が。

それから。

コンビニ前で駄弁るのも気が引けて、近くにあった公園のベンチへと移動する。

せっかくなので余った缶コーヒーを勧めると「ふふふ、青児さんの奢りですか」と嬉しそうに一口飲んで、笑顔のままベンチの端に押しやっていた……苦かったらしい。

と、そこで皓少年が、コンビニ袋からはみ出した履歴書に目をとめて、

「おや、どんな仕事に就くか、もう決めたんですか？」

「え、いや、まだ。正直、悩むのは苦手なんで、とりあえず始めてから悩もうかと」

「ふふ、青児さんらしくていいと思いますよ」

「……ですか？」

「ですね」

ひとしきり笑い合うと、ふと皓少年が悩ましげな息を吐いて、

「実は、僕も今、無職なんですね——なにせ魔王をやめたもので」

「……は？」

「いえ、正確には、命がけで押しつけてきたんですが」

説明によると——。

もともと日本には、真の魔王と呼ぶべき存在がいたらしい。

思えば、魔王・山本五郎左衛門氏が、戦見物にかこつけて来日したのが、源平の合戦の頃で、それ以前の日本は、悪神・神野悪五郎氏を上回る大妖怪の支配下にあり、その人物が突然行方をくらませたことで、二人の王座争いに発展したのだそうだ。

「そう、その人物こそが、妖怪総大将ぬらりひょんなんですね。ぬらりくらりとつかみ

どころがない——そんな名の通り、正体不明の大妖怪です。それでこの四ヶ月間、紅子さんと二人で血眼になって、その行方を探し回ったんですね」

結果、なんと隠居老人に身をやつして、悠々自適の年金生活を送っていたらしい。

「なので、つつしんで王座を返上させていただきました。具体的に言うと、荊さんにならって、双六勝負を挑んだんです。命がけではありましたが、どうにか勝ちまして」

かくして。

現在、魔王の座には、妖怪総大将・ぬらりひょんが君臨している。魔王二人を失って混乱の渦中にあった魔族たちも、表向きは平穏を取り戻しているそうだ。

「残る問題は、僕の身の振り方です。なので、閻魔庁に売りこみをかけてみました」

「……は？」

「篁さんを失って、大混乱に至っていたのは、閻魔庁も同じですからね。正直、猫の手も借りたい状況のようです。ゆくゆくは篁さんの後釜につければと思いますが——ただ、なにせ年齢的に幼すぎるので、成人するまでの間、とりあえずは在宅ワークとして、現世での仕事を請け負うことになりました。つまりは〈地獄出張所〉ですね」

ゆくゆくは冥府の井戸も掘ってもらおうかと——と、ふんわり笑って皓少年は言う。

缶コーヒーを飲み干しておいてよかった、と青児は思った。

もしも口にふくんでいたら、衝撃のあまり、それこそマーライオンのように吐き出していたかもしれない。

――けれど。

これこそが、皓少年の出した答えなのだろう。どうやって生きていくのか、悩んで、苦しんで、探し回った末の。それなら、きっとこの結末でよかったのだ。

「ええと、じゃあ、成人するまでの間、これまで通り、あの屋敷で暮らすんですか？」

「ええ、そうですね、ざっと百年ほど」

――と、そこで。

つと皓少年が青児を見た。

木漏れ日の下で見たその顔は、いつか見た榕の花のように白かった。柔らかな春の陽射しを集めて、内から光っているかのように。

そして。

「なので、青児さんの百年を僕にくれませんか？」

まっすぐに目と目を合わせて微笑んだ。

「具体的に言うと、住みこみの助手として仕事を手伝って欲しいんです。いつか立て替えた三千万を労働で返してもらえたらなと……他の仕事が見つかったら、休日だけでもかまいませんし」

えーと、と青児は瞬き(まばた)をした。

頭の中で、目まぐるしく言葉が浮かんでは消えていく。そして、思わず両目に手を押し当てた。そうしないと眩しさで涙がこみ上げそうだったから。

「……今から百年だと、たぶん足りなくなると思うんですが」

「そこは……煙草を止めるなりして、ちょっとは努力してください」

そう言い返して皓少年が笑った。

青児もまた、笑いながら立ち上がる。いつかとは逆に、了承の証としてその手を皓少年に差し出しながら。

「じゃあ、行きましょうか」

そして歩き出した——二人並んで。

＊

この世には、鬼と生きる人もいるのかもしれない。

あとがき

路生（みちお）よると申します。この度は『地獄くらやみ花もなき』を手にとっていただき、大変ありがとうございました。さて、妖怪と殺人事件と笑いをたくさん詰めこんだ、レトロでサスペンスフルな探偵小説として、この作品を書かせていただきましたが、結局、根底にあった執筆動機のようなものは〈人が怖い〉だったのかなと思います。

人が怖い。怖くて怖くて仕方がない。知れば知るほど、布団をかぶって震えていたいように思います。けれど半面、知りたくてたまらないのも人でした。だから、怖がったままでなしに知ろうと思いまして、犯罪、社会病理、心理学、民俗学……その一環として好きでたまらなくなったのが妖怪でした。

事件と、探偵と、人間と、妖怪と、書きたくてたまらないものを詰めこんで、この『地獄くらやみ花もなき』という作品を書かせていただきました。書きたくて書いたものを、読みたくて読んでいただける方のもとに届けることができたのは、本当に奇跡のように思います。この先いつ人生が終わるとしても「幸せだった」と言い切ることのできるだけの幸せを、この作品にたずさわった三年間でいただきました。本当にありがとうございました。

察しのいい方はお気づきかと思いますが、『地獄くらやみ花もなき』は、春夏秋冬と季節が一巡りして終わりを迎える、全四巻のシリーズとして応募時に構想された作品でした。こうして無事に物語としての区切りを迎えることができ、反省点は山のようにあれども、何よりほっとしております。

また、アオジマイコ先生の描かれる装画の、その一枚一枚が、私にとっては、この『地獄くらやみ花もなき』という作品を、本にして世の中に送り出す動機そのものでした。本当に感謝してもしきれません。

さらには、この『地獄くらやみ花もなき』という作品をコミカライズしていただけることになりまして、人物、背景、動き、台詞、一コマ一コマがイメージ通りである以上に、何より漫画として面白いものに仕上げていただき、もはや三国一の果報者だと思っています。よろしければ、ぜひ一度お読みいただけますと幸いです。

さて、物語としては一区切りついたのですが、ありがたいことに続編のご要望をいただきましたので、この先もう少しだけ、青児と皓、それから棘と荊に、お付き合いいただければ幸いです。どうかご縁がありますように。

地獄の沙汰も鬼次第。

であれば、現世の沙汰も人次第、ということで。

淋しい誰かの傍らに、寄り添う誰かがいるようにして、これを読まれているアナタの隣に幸せがあることを祈っています。

追伸

三巻を発売した頃に個人サイトを作ったのですが、あまりにもひっそりとして存在感がありませんので、よろしければご覧いただけますと幸いです。

https://www.michio-yoru.com/

〈主要参考文献〉

『江戸の妖怪革命』（角川学芸出版　香川雅信　2013年）
『百鬼夜行の見える都市』（筑摩書房　田中貴子　2002年）
『百鬼夜行絵巻の謎』（集英社　小松和彦　2008年）
『妖怪文化の伝統と創造　絵巻・草紙からマンガ・ラノベまで』（せりか書房　小松和彦編　2010年）
『日本妖怪学大全』（小学館　小松和彦編　2003年）
『アラマタヒロシの妖怪にされちゃったモノ事典』（秀和システム　荒俣宏　2019年）
『幻想世界の住人たちⅣ　日本編』（新紀元社　多田克己　1990年）
『妖怪の民俗学　日本の見えない空間』（岩波書店　宮田登　1985年）
『図説そんなルーツがあったのか！　妖怪の日本地図』（青春出版社　志村有弘　2013年）
『近江むかし話』（洛樹出版社　滋賀県老人クラブ連合会・滋賀県社会福祉協議会編　1968年）
『日本伝奇伝説大事典』（角川書店　乾克己他編　1986年）
『石の伝説』（雪華社　石上堅　1963年）

『日本怪異妖怪大事典』（東京堂出版　小松和彦監修　２０１３年）
『妖怪事典』（毎日新聞社　村上健司　２０００年）
『百鬼解読　妖怪の正体とは？』（講談社　多田克己　１９９９年）
『図説・日本未確認生物事典』（柏美術出版　笹間良彦　１９９４年）
『近江の民話　金剛輪寺の油坊』（渡辺守順　民俗文化通巻18号　１９６５年）
『小豆洗いの起源について　なぜ小豆を洗うのか』（山之内杏美　駒沢史学73号　２００９年）
『これがオリエント急行だ』（フジテレビ出版　１９８８年）
『オリエント急行の旅』（世界文化社　櫻井寛　２００５年）
『「ななつ星in九州」のすべて』（宝島社　２０１４年）
『乗車ルポ！　最新豪華列車の旅』（ネコ・パブリッシング　２０１４年）
『殺人分子の事件簿　科学捜査が毒殺の真相に迫る』（化学同人　ジョン・エムズリー　２０１０年）
『毒の話』（中央公論社　山崎幹夫　１９８５年）

地獄(じごく)くらやみ花(はな)もなき 肆(し)

百鬼疾(ひゃっきはし)る夜行列車(やこうれっしゃ)

路生(みちお)よる

令和2年 1月25日　初版発行
令和6年 10月30日　7版発行

発行者●山下直久

発行●株式会社KADOKAWA
〒102-8177　東京都千代田区富士見2-13-3
電話　0570-002-301（ナビダイヤル）

角川文庫 22002

印刷所●株式会社KADOKAWA
製本所●株式会社KADOKAWA

表紙画●和田三造

●お問い合わせ
https://www.kadokawa.co.jp/（「お問い合わせ」へお進みください）
※内容によっては、お答えできない場合があります。
※サポートは日本国内のみとさせていただきます。
※Japanese text only

ISBN 978-4-04-108757-2　C0193

◆◇◇